FROM 2003
なんでも魔女商会

ハムスターのすてきなお仕事《しごと》

あんびるやすこ

岩崎書店

もくじ

なんでも魔女商会《まじょしょうかい》のおはなし

なんでも魔女商会《まじょしょうかい》リフォーム支店《してん》は、ふるいドレスをお直《なお》しで生《う》まれかわらせてくれるお店《みせ》。ほんとうにご用《よう》のある人《ひと》だけが、ほんとうにご用《よう》があるときにだけみつけられる魔法《まほう》がかかったこの店《みせ》には、いろいろなおきゃくさまがやってきます。うでのいいおさいほう魔女《まじょ》シルクは、ナナ、コットンといっしょに、すてきなお直《なお》しでどんな注文《ちゅうもん》にもこたえていきます。

シルク

なんでも魔女商会《まじょしょうかい》リフォーム支店《してん》の店主《てんしゅ》。口《くち》はわるいけれど、うではいいおさいほう魔女《まじょ》。

ナナ

ニンゲンの女《おんな》の子《こ》。おさいほうが大好《だいす》きで、シルクを手《て》伝《つだ》っている。

めしつかい猫《ねこ》。お茶《ちゃ》をいれさせたらピカイチ。アイロンがけもじょうず。

コットン

黒猫《くろねこ》のゆびぬき

魔法《まほう》のゆびぬき。トルソーをよびだしたり、スケッチブックの絵《え》にダンスをさせたりすることができる。

シルヴァ

「生《い》きてる毛皮協会《けがわきょうかい》」の会長《かいちょう》。ハムスターたちのあこがれの銀《ぎん》ぎつね。

ハムスターの兄弟《きょうだい》

せまいところのおそうじが得意《とくい》。「生《い》きてる毛皮協会《けがわきょうかい》」の会員《かいいん》。

ふうせん羊《ひつじ》

ふわふわしたかるい毛《け》をもつ羊《ひつじ》。毛《け》がのびてくると浮《う》かびあがる羊《ひつじ》までいる。

ピンク水晶《すいしょう》のゆびぬき

もうひとつの魔法《まほう》のゆびぬき。いっしゅんで着《き》がえさせられる

フローラ

薬草園芸魔女《やくそうえんげいまじょ》で魔法植物《まほうしょくぶつ》をそだてるのが仕事《しごと》。雲《くも》の上《うえ》魔法薬草園《まほうやくそうえん》ではたらくことになる。

FROM 2003
なんでも魔女商会

人間以外《にんげんいがい》なら、だれでも知《し》っている由緒《ゆいしょ》ただしい魔法《まほう》の店《みせ》。「リフォーム支店《してん》」のほかに「お仕《し》立《た》て支店《してん》」や「星占《ほしうらな》い支店《してん》」など、いろいろな支店《してん》があり、せんもんの魔女《まじょ》がはたらいている。

1

三びきのハムスター

お日《ひ》さまの光《ひかり》が金色《きんいろ》にきらきらとかがやく秋《あき》。そんな光《ひかり》の中《なか》、ナナはきょうもリフォーム支店《してん》のドアの前《まえ》にたちました。

「こんにちは！」

いつものように、ナナは元気《げんき》よく赤《あか》いドアをあけます。

するとそのとき。店《みせ》のみなれた大《おお》きな棚《たな》のうしろから、丸《まる》いボールのような毛玉《けだま》がとびだしてきたのです。

あっと声《こえ》をあげようとしたとき、ま

たもうひとつ毛玉《けだま》がでてきました。そうして、そのあとからまたもうひとつ……。

つぎつぎに棚《たな》の裏《うら》からこぼれでた毛玉《けだま》を、目《め》を丸《まる》くしてみているナナに、コットンが声《こえ》をかけました。

「いらっしゃいませ、ナナさま。こちらはハムスターのご兄弟《きょうだい》でございます」

そういわれたナナは、目《め》を手《て》の甲《こう》でぎゅっとこすりました。

それから毛玉《けだま》をじっとみなおします。すると、たしかにハムスターです。

「まあ、ほんと！　かわいい。三びきもいるわ」

すると、ハムスターはきちんとならんで礼儀《れいぎ》正《ただ》しくおじぎをしました。

Hamster Brothers
トッポ
ラッテ
ミュー

「こんにちは、ニンゲンのお嬢《じょう》さん。ぼくはトッポです」

「ぼくはラッテ」

「ぼくはミュー」

トッポはまっ白《しろ》な毛皮《けがわ》のハムスター。ラッテの毛皮《けがわ》はカフェオレ色《いろ》とこい茶色《ちゃいろ》の毛《け》がまじりあっています。ミューはからだの上半分《うえはんぶん》がうすい灰色《はいいろ》で、下半分《したはんぶん》は白《しろ》い毛皮《けがわ》のハムスターでした。

「こんにちは、トッポ、ラッテ、ミュー。わたしはナナよ。みんな、棚《たな》のうしろで、いったいなにをしていたの？」

ナナがそうたずねると、三びきは口《くち》ぐちにこたえました。

「おそうじですよ。ナナさん」

「コットンさんの手《て》のとどかない場所《ばしょ》を、ぼくたちがきれいにするんです」

「タンスの裏《うら》のおそうじといったら、ねずみの仕事《しごと》と
決《き》まっていますからね」

ハムスターはきょうから五日間《いつかかん》かけて、リフォーム支店《してん》でタンスや棚《たな》の裏《うら》をそうじすることになっていました。そうきいて、ナナはうれしくなりました。

このかわいい兄弟《きょうだい》たちに、あと四日《よっか》もあえるからです。

「ねずみがみんな家具《かぐ》の裏《うら》の

おそうじの仕事《しごと》を
していているなんて、
しらなかったわ」
　そういってナナが感心《かんしん》すると、
コットンが首《くび》をふりました。
「いいえ、ナナさま。この兄弟《きょうだい》たちは
いつもおそうじをしているわけでは
ございません。この前《まえ》シルクさまに注文《ちゅうもん》した
リフォームのお代《だい》のかわりに、わたくしがおそうじを
たのんだのでございますよ」
　すると、シルクもこうつづけました。

「ねずみの仕事《しごと》はせまいところのおそうじばかりじゃないわ。ねずみたちはこまかい仕事《しごと》が得意《とくい》なのよ。レースねずみみたいにね」

そういわれて、ナナもなるほどとおもいました。レースねずみというのは、小《ちい》さな村《むら》に住《す》み、植物《しょくぶつ》からとてもほそい糸《いと》を作《つく》って、その糸《いと》でレースをあむねずみたちのこと。レースねずみの作《つく》るレースには、虫《むし》めがねでみたくなるほどこまかい模様《もよう》がていねいにあみこまれています。

ですから、魔女《まじょ》たちの世界《せかい》では、最高級《さいこうきゅう》のレースとしてしられているのです。

そしてシルクは、こんなはなしもおしえてくれました。

「じつはね、ナナ。この兄弟《きょうだい》はレースこそあまないけれど、ファッションの仕事《しごと》もするのよ。『生《い》きてる毛皮協会《けがわきょうかい》』のりっぱな会員《かいいん》ですもの。ほら、カタログにも、ちゃんとのってるわ」

といって、コットンがもって
きたカタログをひらきます。
そのさいごのページから
三ページ目《め》に、たしかに
三びきの写真《しゃしん》がのっていました。
カタログをのぞきこむナナの
となりで、三びきは顔《かお》を
まっ赤《か》にします。
そしてはずかしそうに
こういったのです。
「いえいえ。会員《かいいん》に

会員ナンバー　862
ハムスター兄弟　HAMSTER B

なっているだけで、まだ一回《いっかい》も『生《い》きてる毛皮《けがわ》』の仕事《しごと》は、したことがないんです」

それをきいて、シルクもコットンもおどろきました。

「もう何年《なんねん》も前《まえ》に会員《かいいん》になったんでしょ？」

「まだ一回《いっかい》も？　で、ございますか？」

すると、三びきはもじもじと顔《かお》をみあわせました。

「ええ。なにしろぼくたちは、いちばんからだの小《ちい》さい会員《かいいん》ですからね。ろくな毛皮《けがわ》になれません。もちろん、そんなちっちゃな毛皮《けがわ》をほしがるおきゃくさまもたまにはいますが、……たのまれても、いつもことわってしまうんです」

「え、どうして？」

ナナがおもわずそうたずねると、三びきはいいづらそうに、もごもごとこたえました。

「どうしてって……。だって失敗《しっぱい》しそうだし……」

「こんなに小《ちい》さいの？　って、おきゃくさんにガッカリされたらはずかしいしね……」

「それに、毛皮《けがわ》の仕事《しごと》をする場所《ばしょ》までいったり、帰《かえ》ってきたり。そのたびに『魔法旅行《まほうりょこう》シート』にのせてくれる魔女《まじょ》をさがすのもたいへんそう……。遠《とお》くまでいくのは、たいへんだし……」

それをきいたシルクはあきれて、こうつぶやきました。

「それなら、どうして『生《い》きてる毛皮協会《けがわきょうかい》』の会員《かいいん》になったのかしら」

するとハムスターたちは、こんどはすぐに返事《へんじ》をします。

「『生《い》きてる毛《け》皮協会《がわきようかい》』の会長《かいちよう》のシルヴァさんは、ぼくたちのあこがれなんです。それはすばらしい毛《け》皮《がわ》の銀《ぎん》ぎつねで……。シルヴァさんとおなじ協会《きようかい》のメンバーになれただけで、ぼくたちは満足《まんぞく》です。でも、いつか一度《ど》シルヴァさんにあえたらなあ……」

と、うっとりといいました。

そうきいて、ナナはカタログを、こんどははじめのページからめくりました。すると目次《もくじ》のつぎのページに、美《うつく》しい銀《ぎん》ぎつねの写真《しやしん》がのっています。

「まあ！　なんてきれいなの。これがシルヴァさんね？　コットン」

「はい、ナナさま。シルヴァどのは、有名《ゆうめい》な女優魔女《じよゆうまじよ》や学者魔女《がくしやまじよ》が授賞式《じゆしようしき》やパーティで競《きそ》ってその肩《かた》にまとう『生《い》きてる毛《け》皮《がわ》』でございます」

そうきいて、ナナはうなずきました。

「ハムスターのみんながあこがれるのも、よくわかるわ」

2

秋《あき》の手《て》作《づく》りニットバザー

「さて、そろそろお茶《ちゃ》にするといたしましょう」

コットンは、毛《け》皮《がわ》協会《きょうかい》のカタログをかたづけて、キッチンへはいっていきました。そしてしばらくすると、いつものようにいい香《かお》りがただよってきます。

甘《あま》くこうばしいなかに、シナモンのスパイシーな香《かお》りがひろがりました。

「アップルパイね」

シルクがそういうのと同時《どうじ》に、コットンが
おいしそうにこげ色《いろ》のついたパイを
はこんできます。
「きょうのお茶《ちゃ》は、ダージリンで
ございます。アップルパイと
いっしょにいただくのに、
ぴったりでございましょう」
ダージリンは上品《じょうひん》な味《あじ》の紅茶《こうちゃ》。
コットンがポットをかたむけると、
秋《あき》の光《ひかり》のようにうすい金色《きんいろ》をしたお茶《ちゃ》が
カップをみたしました。

ハムスターたちのおそうじも、もちろんひと休《やす》み。
焼《や》きたてパイと、香《かお》り高《たか》いダージリンの
ティータイムのはじまりです。
「おいしい！」
そしてしばらくしたころ、
ナナがポケットから一枚《まい》の
チラシをとりだしました。
そのチラシは、こんなふうに
ポケットから何度《なんど》もとりだされ、
ひらいてみては、またていねいにたたまれる、
というのを何回《なんかい》もくりかえされたようにみえました。

「いったいなんのチラシなの？　ナナ」

そうたずねるシルクに、ナナは、はずかしそうにいいました。

「わたしの住《す》んでいる街《まち》の『バザー』のチラシよ、シルク」

バザーとは、みんなの家《いえ》にあまっているいらないものをあつめて売《う》る仕組《しく》みのこと。売《う》ってあつまったお金《かね》は、みんなの役《やく》にたつことや、

よいことのためにつかわれます。
でも、このバザーはちょっとかわっているようでした。シルクが、チラシをのぞきこみます。
「『秋《あき》の手《て》作《づく》りニットバザー』？ でもこれは、バザーのおしらせではなくて、『作《つく》り手《て》・あみ手《て》』を募集《ぼしゅう》するチラシだわ」
ナナはゆっくりとうなずきました。

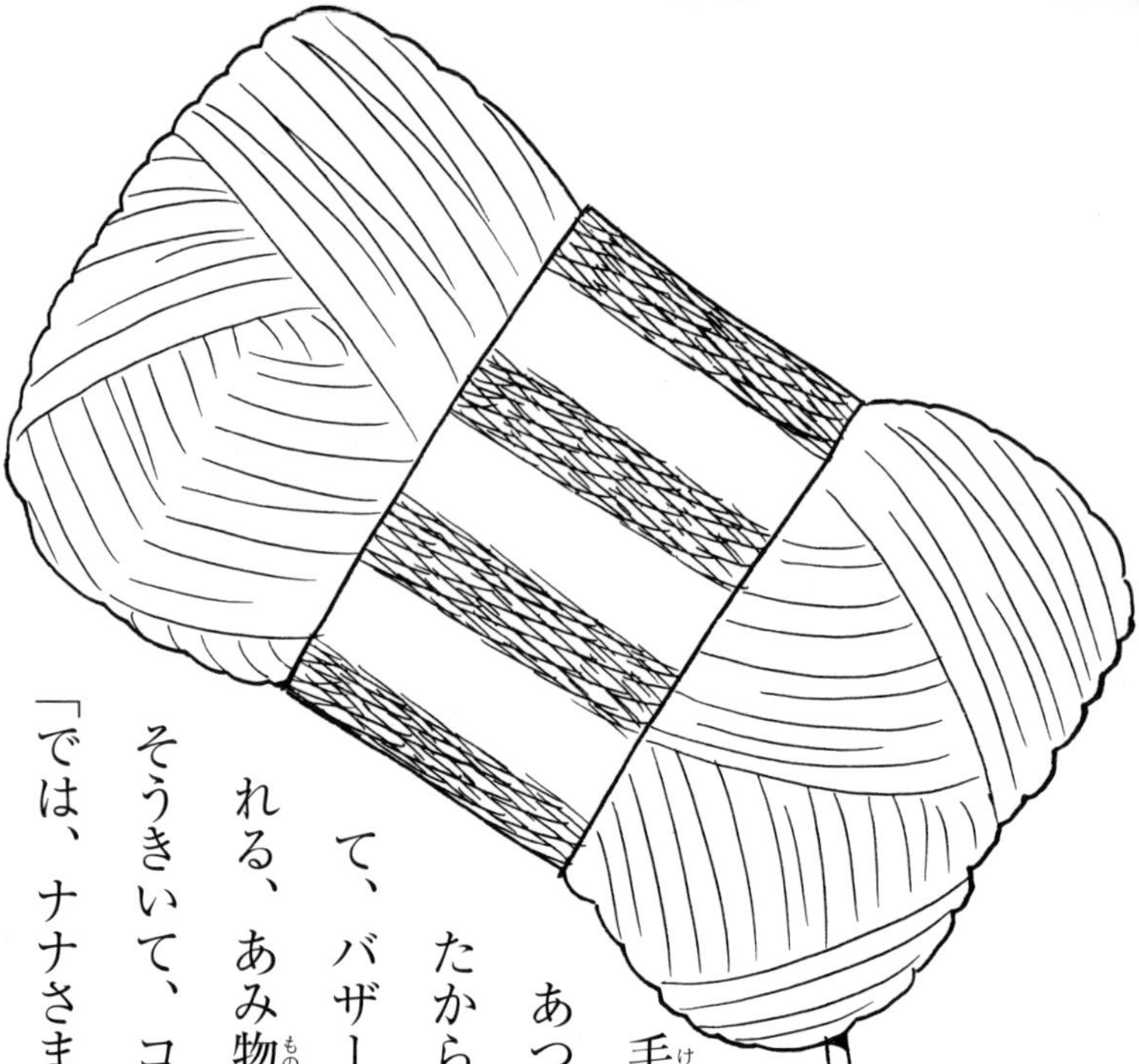

「そうなの。バザーの計画《けいかく》をたてたひとたちは、以前《いぜん》からつかわない毛糸《けいと》や、セーターをあんであまった毛糸《けいと》をあつめていたのよ。それがたくさんあつまったから、いよいよそれでいろいろなものを作《つく》って、バザーで売《う》るの。それで毛糸《けいと》で品物《しなもの》を作《つく》ってくれる、あみ物《もの》のできるひとを募集《ぼしゅう》してるわけなのよ」

そうきいて、コットンはにっこりとわらいました。

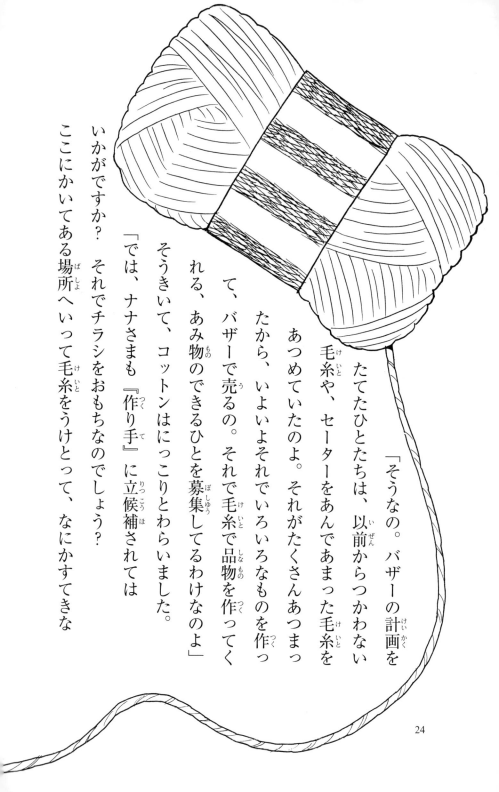

「では、ナナさまも『作《つく》り手《て》』に立候補《りっこうほ》されてはいかがですか？　それでチラシをおもちなのでしょう？

ここにかいてある場所《ばしょ》へいって毛糸《けいと》をうけとって、なにかすてきなものを作《つく》っておさめるというわけですね。ナナさまにぴったりのお役目《やくめ》です」

するとナナは首《くび》をよこにふりました。

「ぴったりなんかじゃないわ。『秋《あき》の手《て》作《づく》りニットバザー』の『作《つく》り手《て》』に名《な》のりでるのは、きっとおとなのひとばかりよ。もしかしたら、あみ物《もの》じょうずなひとばかりかも。そんなひとたちが作《つく》ったすばらしいできばえのものの中《なか》で、わたしが作《つく》ったものなんて、みおとりするに決《き》まってるわ。恥《はじ》をかくだけよ」

そうきくと、コットンは首《くび》をかしげます。

「そうでしょうか？　ナナさま。それに、もしそうだとしても、バザー

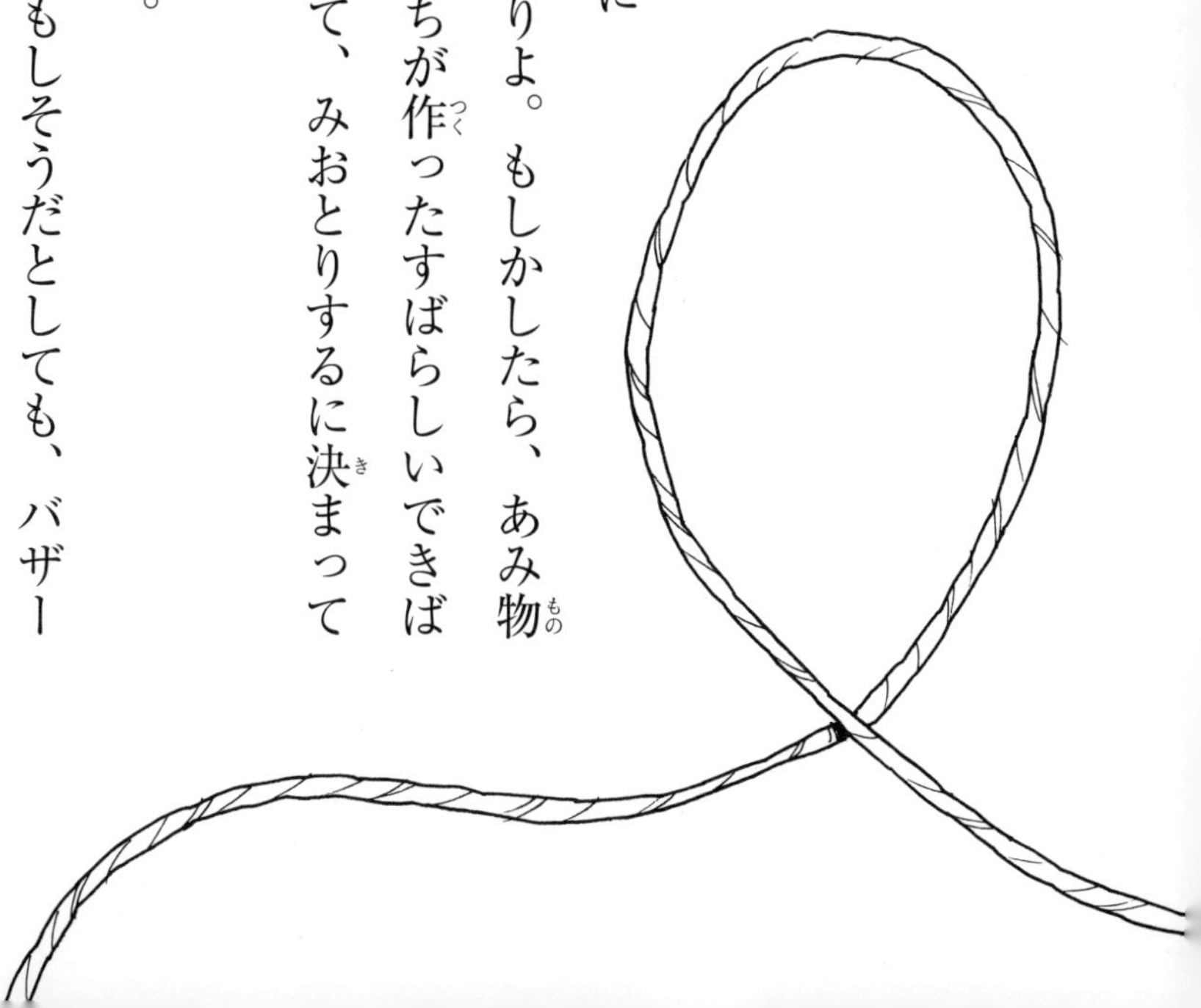

のためにあみ物《もの》をするのはりっぱなことでございましょう」

「そうだけど……。やっぱり、名《な》のりでる勇気《ゆうき》はでないわ」

ナナのことばに、そのとおりとばかりに大《おお》きくうなずく三びきのハムスターをみると、シルクは肩《かた》をすくめました。

「できばえとか、いろいろなことを心配《しんぱい》してやらないより、とりあえずやってみたら、いいんじゃなくって？」

シルクがそういっても、ナナもハムスターも返事《へんじ》をしませんでした。でも、ナナは名《な》のりでる勇気《ゆうき》がでないという一方《いっぽう》で、このチラシをすてることもできませんでした。この手作《てづく》りバザーのことが、気《き》になってなりません。それでナナは、もう一度《ど》だいじにチラシを折《お》ると、またポケットにしまったのです。

3

薬《やく》草《そう》園《えん》芸《げい》魔《ま》女《じょ》フローラ

そのときのことでした。

ドアを元気《げんき》よくノックする音《おと》がひびいてきたのです。

「いらっしゃいませ」

コットンがそういって、まっ赤《か》なドアをあけました。するとそこに、ひとりの若《わか》い魔女《まじょ》が、うれしそうにたっていたのです。

若《わか》い魔女《まじょ》はとてもかしこそうで、目《め》をきらきらとかがやかせていました。

「こんにちは、ここはお洋服《ようふく》リフォーム支店《してん》にまちがいないかしら?」

「はい、おきゃくさま。まちがいございません」

すると、若《わか》い魔女《まじょ》はホッとした

ようすで、店《みせ》の中《なか》へはいってきました。
「では、あなたがおさいほう魔女《まじょ》のシルクね。わたしは薬草園芸魔女《やくそうえんげいまじょ》のフローラよ。どうぞ、よろしく」

「薬草園芸魔女《やくそうえんげいまじょ》って？」

　ナナが興味《きょうみ》ぶかそうにくりかえすと、フローラはナナにもほほえみかけました。

「まあ、ニンゲンのお嬢《じょう》さんね。それなら、しらないのもむりもないわ。薬草園芸魔女《やくそうえんげいまじょ》の仕事《しごと》は、魔法植物《まほうしょくぶつ》をそだてることなのよ。魔法植物《まほうしょくぶつ》は、病気《びょうき》や魔法解除《まほうかいじょ》、のろいよけとかの魔法薬《まほうやく》の材料《ざいりょう》よ」

　それをきいて、ナナはおどろきました。

「魔法植物《まほうしょくぶつ》？　薬《くすり》の材料《ざいりょう》っていっても、よいにおいのするハーブのことじゃないのね」

　すると、コットンがうなずきます。

「はい、ナナさま。ハーブも役《やく》にたつ薬草《やくそう》ですが、魔法植物《まほうしょくぶつ》は、そだてるのがとてもむずかしいとくべつな薬草《やくそう》なのでございます。芽《め》がでたときに呪文《じゅもん》をきかせたり、月《つき》の光《ひかり》からおおったりしてそだてます。中《なか》には、温室《おんしつ》からにげだそうとする魔法植物《まほうしょくぶつ》もいるのでございますよ」

目《め》を丸《まる》くするナナに、シルクがつづけました。

「魔法植物《まほうしょくぶつ》は、お世話《せわ》せずに、ほうっておいたら枯《か》れてしまうものも多《おお》いの。だから薬草園芸魔女《やくそうえんげいまじょ》の仕事《しごと》はたいせつなのよ」

そのことばに、コットンもうなずきました。

「魔女《まじょ》の世界《せかい》でも、尊敬《そんけい》される仕事《しごと》のひとつでございます」

そうきくと、フローラはほこらしそうに顔《かお》をかがやかせました。

「ありがとう、みんな。きょうはね、薬草園芸魔女《やくそうえんげいまじょ》のわたしにとって、すばらしいニュースがあったの」

とうれしそうにはなしはじめます。

「来週《らいしゅう》から『雲《くも》の上魔法薬草園《うえまほうやくそうえん》』で、はたらくことになったのよ！」

魔女《まじょ》の世界《せかい》には、たったひとつの温室《おんしつ》しかない小《ちい》さな薬草園《やくそうえん》から、大《おお》きくてりっぱな薬草園《やくそうえん》までたくさんありました。そこでは、たくさんの薬草園芸魔女《やくそうえんげいまじょ》がはたらいているのです。

そんな中《なか》でも、いちばん有名《ゆうめい》で、いちばん貴重《きちょう》な薬草《やくそう》をそだてているのが「雲《くも》の上魔法薬草園《うえまほうやくそうえん》」でした。

高《たか》い山《やま》の上《うえ》にある薬草園《やくそうえん》には、
五〇個《こ》の温室《おんしつ》が
ずらりとならび、
いろいろな薬草《やくそう》を
そだてているのです。

フローラはきょう、

その中《なか》の二四番目《ばんめ》の温室《おんしつ》の園芸家《えんげいか》としてまねきたいと連絡《れんらく》をうけたのです。

薬草園芸魔女《やくそうえんげいまじょ》のフローラにとって、それはこれ以上《いじょう》ないほど、ほこらしいことでした。

「それは、すばらしいお仕事《しごと》ですね。フローラどの」

コットンがそういうと、いままでだまっていたハムスターたちが、こうたずねました。

「でも、『雲《くも》の上魔法薬草園《うえまほうやくそうえん》』はずいぶん遠《とお》いし、すごくふべんな場所《ばしょ》

にあるんでしょう？」

「それに、その薬草園《やくそうえん》でそだてている魔法植物《まほうしょくぶつ》の中《なか》には、かみついたり、毒《どく》をもっていたりする危険《きけん》なものもあるって、きいたことがあるし」

「きっとご家族《かぞく》は心配《しんぱい》するんじゃないのかな？」

ハムスターたちのいうとおり、「雲《くも》の上《うえ》魔法《まほう》薬草園《やくそうえん》」にいくには、とてもほねが折《お》れました。名前《なまえ》のとおり、高《たか》い山《やま》の上《うえ》にあるからというばかりではありません。魔法植物《まほうしょくぶつ》を病気《びょうき》や、ほかの植物《しょくぶつ》の花粉《かふん》からまもるために「魔法旅行《まほうりょこう》シート」でのでいりが禁止《きんし》されているからです。

「雲《くも》の上《うえ》魔法《まほう》薬草園《やくそうえん》」にはいるには、山《やま》の中腹《ちゅうふく》まで

魔法旅行《まほうりょこう》シートでいって、そこからまるまる一日《にち》かけて、自分《じぶん》の足《あし》であるくしかありませんでした。

けれど、フローラはたのしげに首《くび》をよこにふります。

「心配《しんぱい》どころか、大《おお》よろこびしているわ。わたしのひいおばあちゃまも、おばあちゃまも、おかあさんも、みんな薬《やく》草園芸魔女《そうえんげいまじょ》なの。だから、わたしが『雲《くも》の上魔法薬草園《うえまほうやくそうえん》』ではたらくのは、わたしだけの夢《ゆめ》じゃなくて、代々《だいだい》の家族全員《かぞくぜんいん》の夢《ゆめ》だったのよ。その夢《ゆめ》がかなったわ。それにね……」

といって、フローラは手《て》にしていたつつみをコットンにさしだしました。

「このマントをはおっていくから、一日《にち》かかる山登《やまのぼ》りもだいじょうぶ。きょうはこのマントのリフォームをたのみにきたのよ」

4

重《おも》すぎるマント

フローラは、リフォームを注文《ちゅうもん》するマントをコットンにわたしました。

「これは……、ずっしりとしたマントでございます」

それはおどろくほど重《おも》く、古《ふる》めかしい魔女《まじょ》マントでした。

長《なが》いあいだタンスにしまわれたまま、だれも着《き》なかったにちがいありません。マントからは、かびと古《ふる》い虫《むし》よけ薬《ぐすり》のにおいがしました。

「それに、ずいぶんとゆいしょ正《ただ》し

そうなマントでございますね、フローラどの」

コットンはせいいっぱい礼儀正《れいぎただ》しく、遠《とお》まわしにいいましたが、フローラは得意《とくい》げです。

「これはひいひいおばあちゃまのマントよ。ひいひいおばあちゃまも『雲《くも》の上《うえ》魔法薬草園《まほうやくそうえん》』ではたらいていたんですって。薬草園《やくそうえん》までは中腹《ちゅうふく》からあるいて丸一日《まるにち》かかるから、みんなマントを着《き》ていくそうよ。ひいひいおばあちゃまは、いつか自分《じぶん》の子孫《しそん》がそうやってつかう日《ひ》のために、このマントをのこしてくれたのよ。だからこのマントを着《き》て、『雲《くも》の上《うえ》魔法薬草園《まほうやくそうえん》』へいきたいの。そうすれば、家族《かぞく》みんなもよろこぶはずよ。ただ、このマントはすごく古《ふる》くて、すこしいたんでいるところもあるから……。でもとても上等《じょうとう》だし、美《うつく》しいマントなのよ」

フローラのいうとおり、上等《じょうとう》な仕立《した》てのマントです。胸《むな》もとには、ししゅうのワッペンがついていました。色《いろ》あせていますが、美《うつく》しい花《はな》のししゅうです。

「このししゅうのお花《はな》、とてもきれいね。クリスマスローズみたいだわ」

ナナがそういうと、フローラはおもしろそうにわらいました。

「ニンゲンの世界《せかい》ではそういう名前《なまえ》なの？　これは『魔女《まじょ》のバラ』ってよばれている魔法《まほう》の薬草《やくそう》よ。薬草園芸魔女《やくそうえんげいまじょ》のシンボルなの。花《はな》ことばは『いやし』」

「わあ、薬草園芸魔女《やくそうえんげいまじょ》にぴったりな花《はな》ことばね！」

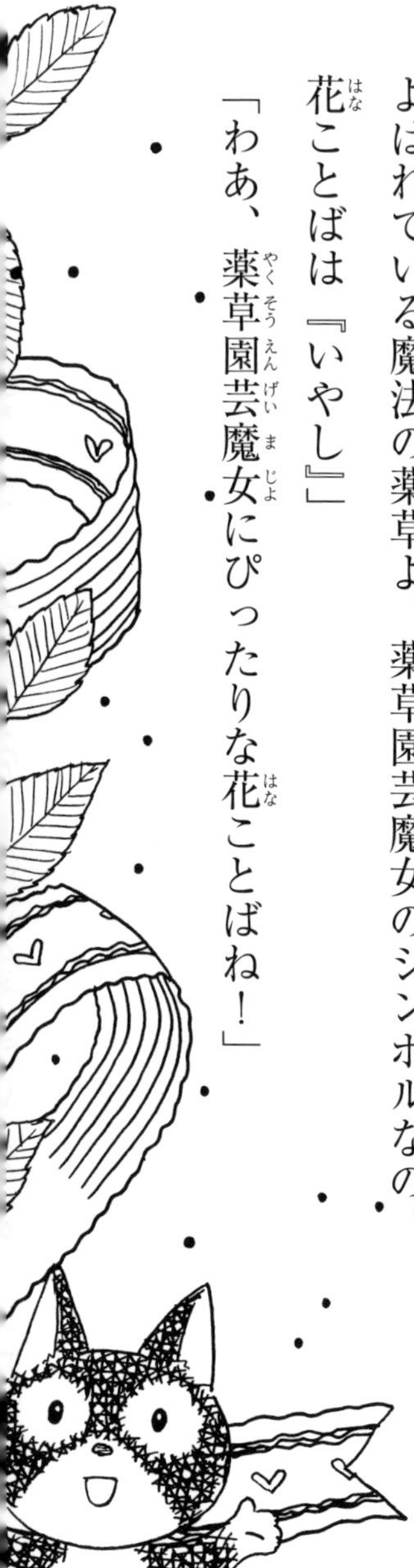

ナナが感心《かんしん》すると、コットンも大《おお》きくうなずきました。

「花《はな》ことばは、魔法植物《まほうしょくぶつ》の力《ちから》の源《みなもと》ともいわれていますから」

そういって、コットンはマントをシルクにわたしました。

マントのいたみぐあいをしらべるシルクに、フローラはこんな注文《ちゅうもん》をつけくわえます。

「マントのどこかに毛皮《けがわ》をあしらいたいの。だから『生《い》きてる毛皮協会《けがわきょうかい》』

の動物《どうぶつ》をよんでもらえるかしら？『雲《くも》の上《うえ》魔《ま》法《ほう》薬《やく》草《そう》園《えん》』ではたらく魔女《まじょ》たちは、いちばんきちんとした服装《ふくそう》をするときに、マントを毛皮《けがわ》でかざるんですって。これは昔《むかし》からの決《き》まりごとなの。おねがいできて？　シルク」

シルクはもちろんうなずきました。

「よろこんで、この注文《ちゅうもん》をおひきうけするわ。フローラ」

それから、マントをさしだして、フローラにこういいます。

「ちょっとこのマントをはおってもらえて？　フローラ。あなたにはすこし大《おお》きい気《き》がするから。たしかめておきたいの」

「ええ、いいわ」

フローラはうなずいてマントをひろげると、その肩《かた》にはおりました。

フローラはひいひいおばあちゃまより背《せ》がひくいのでしょう。マントはすこし床《ゆか》にひきずっています。

そしてなにより、マントはおもっていたよりずっと重《おも》いようでした。フローラの肩《かた》をおさえつけ、ひんやりとしたマントの湿気《しっけ》が、さっとフローラをおおいます。

と、そのとき。フローラの顔《かお》がきゅうにくもったのを、シルクもコットンもみのがしませんでした。

「だいじょうぶでございますか？　フローラどの」

コットンが心配《しんぱい》すると、フローラは、さっとマントをぬぎました。

「だいじょうぶですとも。マントをはおって、ますますきもちがひきしまったわ。

ただちょっと……

『ちゃんと

つとまるかしら』

ってもった

だけ。たいせつな

お仕事《しごと》だから、失敗《しっぱい》できないでしょ？」
そういって、フローラはマントを
シルクの手《て》にかえしました。
「では、フローラ。リフォーム
したマントをおわたしできるのは五日後《いつかご》よ」
シルクがそういうと、コットンが店《みせ》のドアをあけます。
「フローラどの。五日後《いつかご》におまちしております」
こうして、薬草園芸魔女《やくそうえんげいまじょ》フローラは帰《かえ》っていきました。

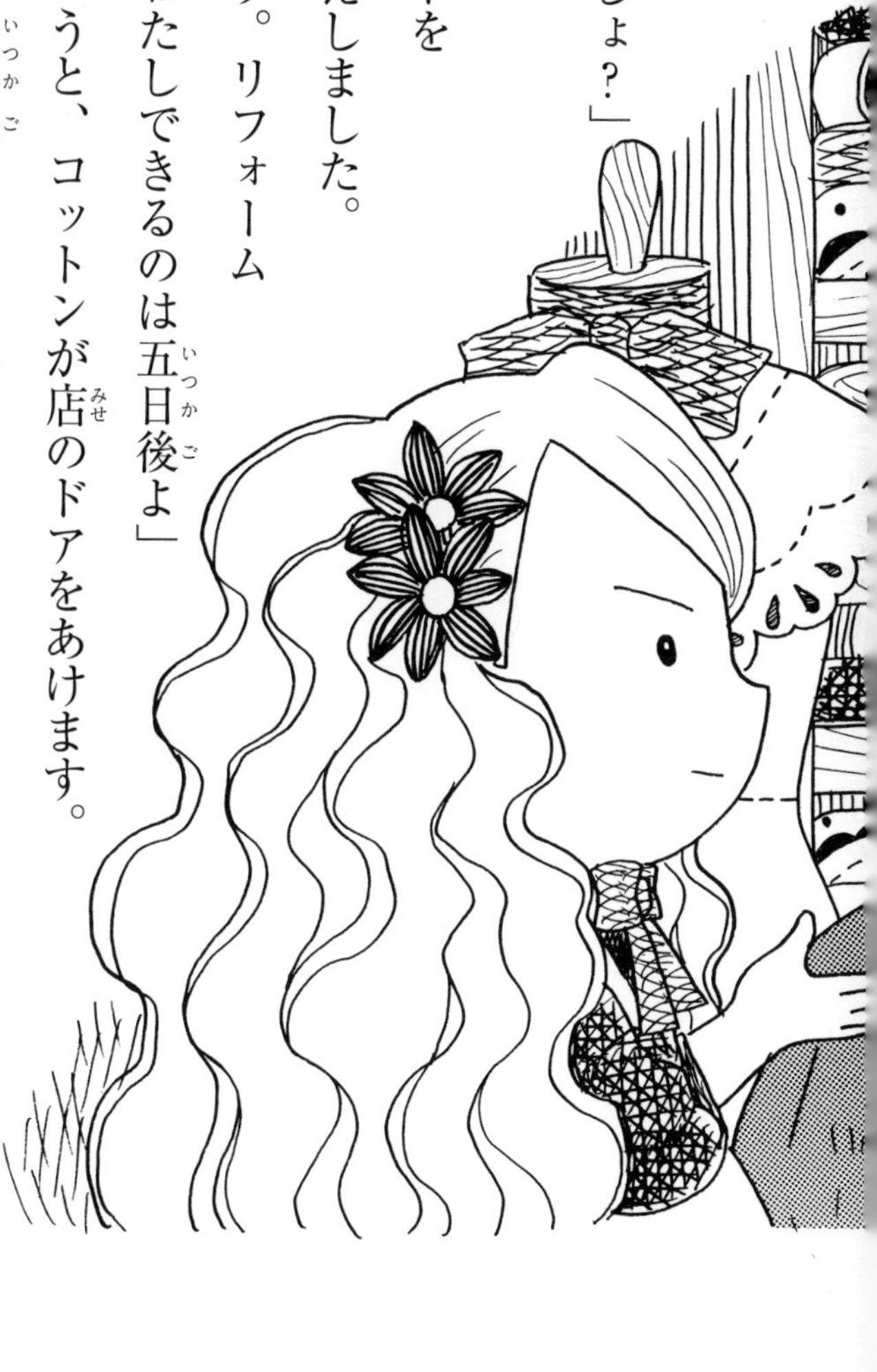

5

やらないの？　できないの？

魔女《まじょ》フローラが帰《かえ》っていったあと、シルクは三びきのハムスター兄弟《きょうだい》をあつめてこうたずねました。

「トッポ、ラッテ、ミュー。薬草園《やくそうえん》芸魔女《げいまじょ》フローラは、マントに毛皮《けがわ》をあしらってほしいそうよ。もしあんたたちが『生《い》きてる毛皮協会《けがわきょうかい》』のメンバーとして初仕事《はつしごと》をしたいのなら、やってみる気《き》はなくて？」

そのことばに、きっとハムスターたちは、よろこぶだろうとナナはおもいました。薬草園芸魔女《やくそうえんげいまじょ》はみんなから尊敬《そんけい》される魔女《まじょ》です。そんな魔《ま》女《じょ》のためにはたらくことは、きっと名誉《めいよ》なことでしょう。それに、フローラといっしょに、めったにはいることのできない有名《ゆうめい》な薬草園《やくそうえん》にもいけるのです。

ところが、三びきはもじもじと顔《かお》をみあわせて、こんなことをいいはじめたのです。

「やりたいけど……、そんな遠《とお》くまでいったら、帰《かえ》ってくるのがたいへんそうだよね？　ねえ、ラッテ」

「うん、トッポ。ぼくたち、きっと失敗《しっぱい》するに決《き》まってる。恥《はじ》をかくのはいやだな。ねえ、ミュー」

「そのとおりだよ、ラッテ。それに、ぼくたちみたいな小《ちい》さな毛皮《けがわ》じゃ

あ、りっぱなフローラには不十分《ふじゅうぶん》なんじゃないかな」

そして、「やっぱりおことわりしようよ」とはなしあっています。

それをきいて、シルクは腰《こし》に手《て》をあてました。

「まあ、あきれた。やらないいいわけばかりね」

となりでは、コットンがため息《いき》をついてこういいます。

「みなさん、そんなにいろいろ心配《しんぱい》することはございませんよ。『生《い》きてる毛皮協会《けがわきょうかい》』のお仕事《しごと》は、ただ服《ふく》の上《うえ》でじっとできれば、よろしいだけではありませんか」

そのことばをきくと、ハムスターたちはハッとなりました。

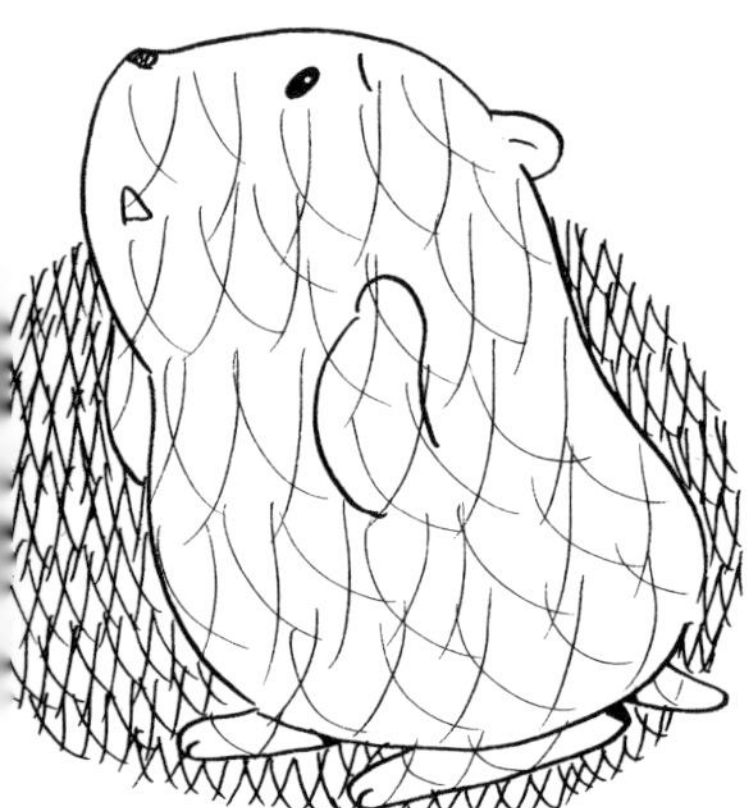

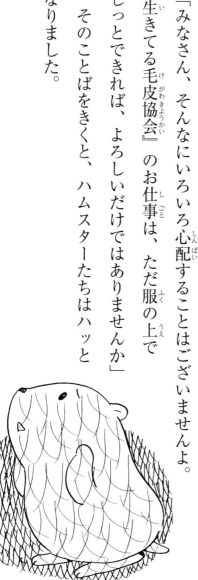

「そうですね、コットンさん。でも、それは大問題《だいもんだい》だ」

「ほんとうに。そんなこと、かんがえたことも
ありませんでした」

「これはこまった！　ぼくたちハムスターは、じっと
していることが、いちばんのにがてなんです」

そういうと、三びきはしょんぼりと肩《かた》をおとしてしまいました。

あまりにガッカリしているので、ナナは心配《しんぱい》になりましたが、同時《どうじ》にふしぎにもおもえました。

「でも、トッポ、ラッテ、ミュー。

どうしてそんなにガッカリするの？

だって『生《い》きてる毛皮協会《けがわきょうかい》』のお仕事《しごと》は

『やらない』つもりなんでしょう? フローラの注文《ちゅうもん》も、いま、ことわったばかりだし」

すると、トッポはナナをみあげて、こういったのです。

「いいえ、ナナさん。『やらない』のと『できない』のとでは、大《おお》ちがいです」

ラッテもこうつづけます。

「そうですとも、ナナさん。『ことわる』のはいいけど、『できない』のはショックです」

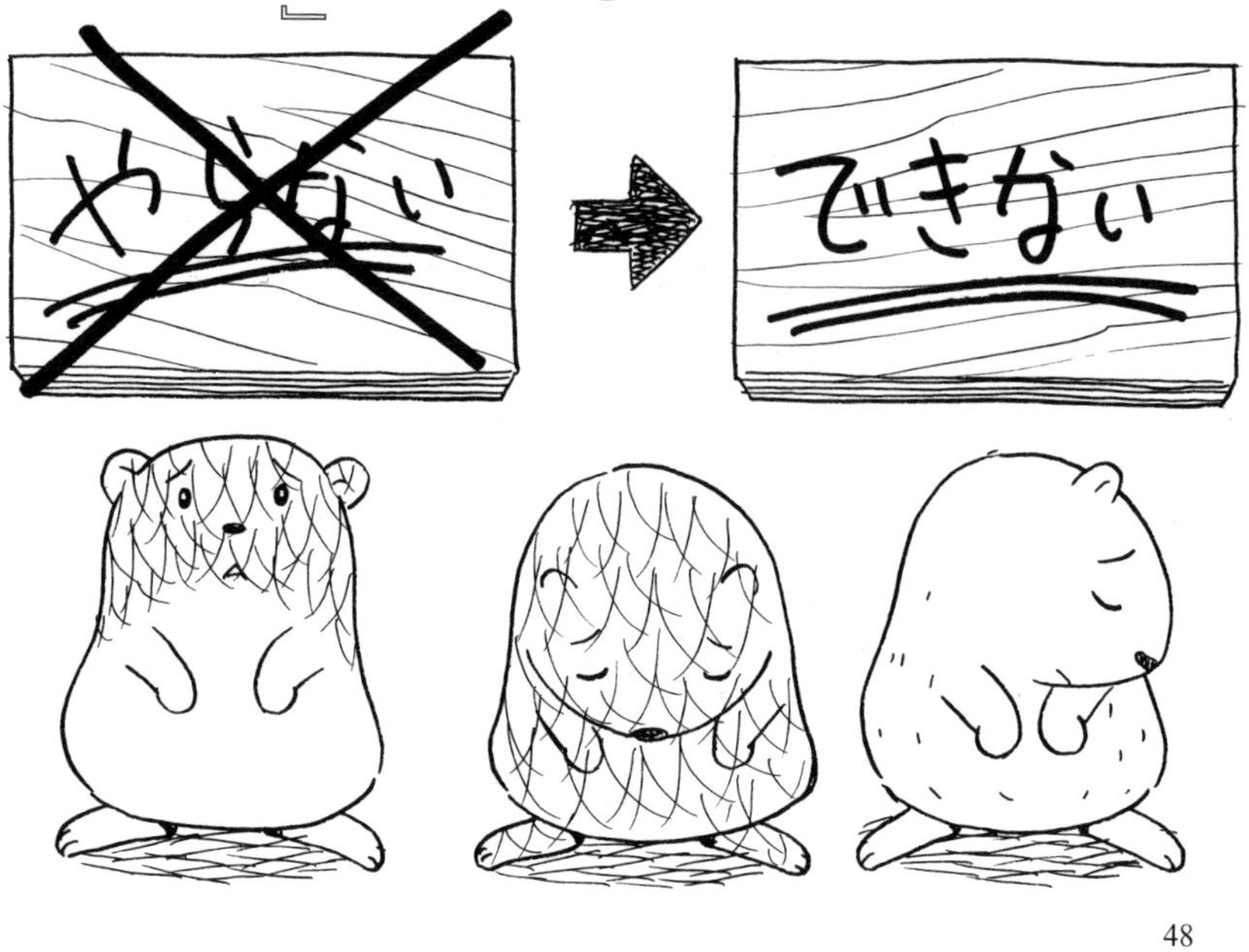

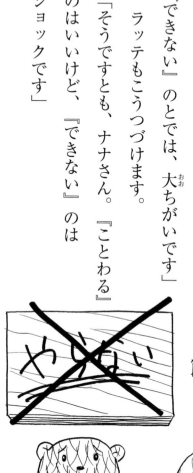

それはおかしなはなしでしたが、三びきがまじめな顔《かお》でそういうので、ナナはかわいそうにおもえてきました。そこで、こういいます。

「ほんとうにじっとしていられないかどうか、まだわからないじゃない？　だって、一度《ど》も『生《い》きてる毛皮《けがわ》』としてはたらいたことはないんですもの。そうだわ、いまためしてみたら？」

「ためす？　どうやってでございますか？　ナナさま」

首《くび》をかしげるコットンに、ナナはこうこたえました。

「わたしの頭《あたま》の上《うえ》でカチューシャになってもらうのよ」

「なるほど、それはよいおかんがえでございます、ナナさま」

コットンがそういっているあいだに、トッポ、ラッテ、ミューはナナの頭《あたま》によじのぼりました。そして、おたがいのしっぽをもってカチュー

シャの形《かたち》になりました。そのようすに、
シルクはポンと手《て》をたたきます。
「まあ！　やればできるじゃない。
みごとな毛皮《けがわ》のカチューシャよ」
ところが、うまくいったのは、
ここまででした。
ハムスターたちは、すぐに
鼻《はな》をあちこちにむけて
スンスンさせたり、
顔《かお》をキョロキョロ
うごかしたり、手《て》を

ごそごそうごかして、兄弟《きょうだい》のしっぽをはなしてしまったりしはじめたのです。

「くすぐったいわ。うごかないで」

ナナがそういっても、ハムスターの兄弟《きょうだい》はせわしなくうごくばかりで、すこしもじっとしていることができませんでした。

かわいいカチューシャも、これではだいなしです。

このありさまに、シルクはすっかりあきれかえりました。
「いまのあんたたちには、『生《い》きてる毛皮《けがわ》』はつとまらないわね。
でもきょうみたいに、やる気《き》もなくて、
いつも仕事《しごと》をことわっているなら、
もう協会《きょうかい》をやめてしまったら?」

そういわれたハムスターたちは、すっかりしゅんとなりました。

「やる気《き》がなくて、ことわっているんじゃないんです。ただ、いつもちょっと自信《じしん》がなくて……」とトッポ。

「失敗《しっぱい》したら、どうしようっておもうと……ついついことわってしまって」といったのはラッテ。

「いまはやらないだけで、もちろん、いつかはやろうとおもっていました」そういったのはミューでした。

三びきはさっきまで熱心《ねっしん》に「やらないいいわけさがし」をしていました。それなのに、「いまはやらない」が「自分《じぶん》にはできない」になったとたん、すっかりしょげかえってしまったのです。

「できない」としってはじめて、ハムスターたちは自分《じぶん》がどんなに「生《い》きてる毛皮《けがわ》」としてはたらきたいとおもっていたか、わかりました。

そんな三びきをナナは、はげまします。

「なれれば、きっとだいじょうぶよ」

「そうですとも。おもいきって、フローラどののマントのリフォームで、『生《い》きてる毛皮《けがわ》』の仕事《しごと》をしてみては、いかがでしょう?」

けれど、コットンにもう一度《ど》そうすすめられても、ハムスターたちは、やっぱりしりごみして決心《けっしん》することができませんでした。

そしてシルクに、きっぱりとこういわれてしまうのです。

「一度《ど》も仕事《しごと》をひきうける勇気《ゆうき》がないんじゃあ、仕事《しごと》になれることなんて、できやしなくてよ」

6

注文《ちゅうもん》をとりけす理由《りゆう》

そのつぎの日《ひ》のこと。

おそうじをひと休《やす》みしているハムスターたちといっしょに、ティータイムをたのしんでいるときのことでした。

とんとんと、元気《げんき》のないノックの音《おと》がきこえてきたのです。コットンがドアをあけると、そこには薬草園《やくそうえん》の芸魔女《げいまじょ》のフローラがたっていました。

「これは、フローラどの。どうなさいました？　マントをおかえしするのは、四日後《よっかご》の約束《やくそく》でございます」
コットンがおどろいてそういうと、フローラは、うなずきます。
そのようすは、きのうとすっかりちがっていました。
「フローラ、なんだか元気《げんき》がないみたいね」
ナナが心配《しんぱい》すると、シルクもうなずきました。
フローラは、きのうのよるねむれなかったようです。まっ赤《か》な目《め》はふせたままでした。

「おさいほう魔女《まじょ》シルク。リフォームの注文《ちゅうもん》はとりやめます。きょうは、おあずけしたマントをひきとりにきました」

そういて、ナナは目《め》を丸《まる》くします。

「でもフローラ。『雲《くも》の上《うえ》魔《ま》法《ほう》薬《やく》草《そう》園《えん》』にいくのに、あのマントを着《き》ていくんじゃなかったの？」

ナナがそうきくと、フローラはくちびるをぎゅっとむすびました。

「いいえ、ナナ。その仕事《しごと》はことわることにしたの。わたしはいまのまま、家《いえ》の近《ちか》くの薬草園《やくそうえん》ではたらくわ」

うつむくフローラに、こんどはシルクがたずねます。

「すばらしいチャンスじゃなくって？

どうしてことわるの？

フローラ」

するとフローラは、小《ちい》さな声《こえ》でこうこたえました。

「自信《じしん》がないの……。あれからひと晩《ばん》、いろいろかんがえてみたら、どんどん不安《ふあん》になってきたの。あんなりっぱな薬草園《やくそうえん》で、貴重《きちょう》な薬草《やくそう》の世《せ》

話《わ》をするなんて、ほんとうにわたしにできるかしら？　それに、『雲《くも》の上《うえ》魔《ま》法《ほう》薬《やく》草《そう》園《えん》』にはひとりもしりあいがいないし、ふべんな場所《ばしょ》だし。もし薬草《やくそう》を枯《か》らしてしまったら、どうしたらいいの？……やっぱり、わたしにはできないわ。きっと失敗《しっぱい》して、ひいおばあちゃまやおばあちゃまや、おかあさんをガッカリさせちゃうに決《き》まってる」

シルクはきのうのことをおもいだしました。マントをはおったときに

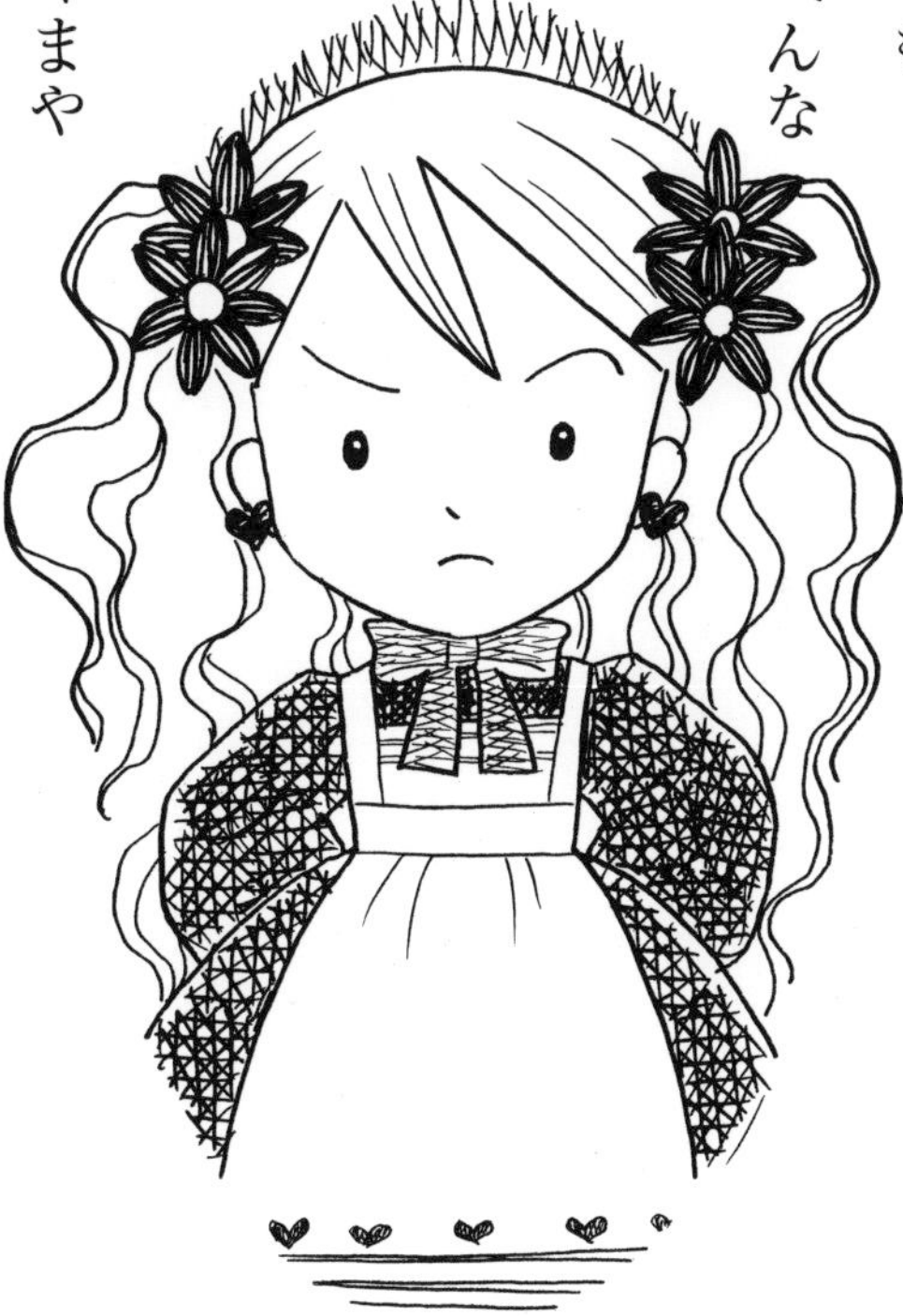

顔《かお》をくもらせたフローラ……。
きっとあのときも、こんなふうに
「もしも失敗《しっぱい》したら」と
かんがえたにちがいありません。
（あの古《ふる》いマントの重《おも》さが、仕事《しごと》の責任《せきにん》
の重《おも》さとおなじにおもえたのね。
ずっしり肩《かた》にのしかかってきたんだわ）

シルクが、そうかんがえこむとなりで、
三びきのハムスターがならんでフローラを
みあげていました。
「おきもち、よくわかります。

薬《やく》草《そう》園《えん》芸《げい》魔《ま》女《じょ》フローラどの。
むりなさらないのが、いちばんです」
もちろんナナだって、フローラの不安《ふあん》なきもちは
わかります。でも、なんとか応援《おうえん》したいとおもいました。

きのうのフローラの「やりたい」と
いうきもちは、ほんものだったはず、
とおもったからです。
「せっかくのチャンスを
ことわったりしちゃいけないわ、
フローラ。だって、ここはご用《よう》の
あるひとがご用《よう》のあるときに

だけ、たどりつける店《みせ》なのよ。マント
を直《なお》して、やりたい仕事《しごと》をはじめな
くちゃ」
「そうかしら、ナナ。きのうは
そうおもっていたから、ここ
へこられただけかも。でも、
いまはそんな勇気《ゆうき》はなく
なっちゃったの。やっぱ
り注文《ちゅうもん》はとりやめるわ」
それでもナナが、なん
とかとめようと口《くち》を

ひらきかけたとき、シルクが一歩前《いっぽまえ》へでました。
そしてあっさりとうなずいて、ナナをおどろかせたのです。
「注文《ちゅうもん》はとりけしてもよくってよ、フローラ。もちろんマントはおかえしするわ。失敗《しっぱい》しそうなことは、やらないのがいちばんよ。ねえ、ハムスターたち」

そういわれると、ハムスターはいごこちわるそうに、もじもじしました。

でも、フローラはすっかりホッとしています。そんなフローラに、シルクは腰《こし》に手《て》をあてると、こうつづけたのです。

「でも、いまはマントをおかえしできないの、フローラ。マントはもうほどいてしまったから。もう一度《ど》ぬいあわせて、元《もと》どおりにしてからおかえしするしかないわね」

そのことばに、ナナもコットンもおどろきました。

(シルクったら、マントはまだ、ほどいてないのに……)

けれどすぐに、それはマントをフローラにかえさないためにいったシルクのうそだと気《き》がついたのです。シルクは平気《へいき》な顔《かお》で、こんなことをいいだします。

「マントを元《もと》どおりにぬいあわせるといっても、ずいぶん古《ふる》くてぬい目《め》がほつれていたし、たけもあなたには長《なが》すぎて、ひきずっていたでしょう？　だから、ぬいあわせる『ついで』に、フローラが着《き》られるように直《なお》してあげるわ。すこし時間《じかん》がかかるけど、いいかしら？　さいしょの約束《やくそく》どおり、四日後《よっかご》にはおかえしできるわ」

そういわれると、フローラは承知《しょうち》するよりしかたがありません。うなずくフローラをみて、ナナとコットンはうれしそうに、こっそり目《め》くばせしあいました。

こうしてフローラは、またマントをあずけたまま、帰《かえ》っていくことになったのです。

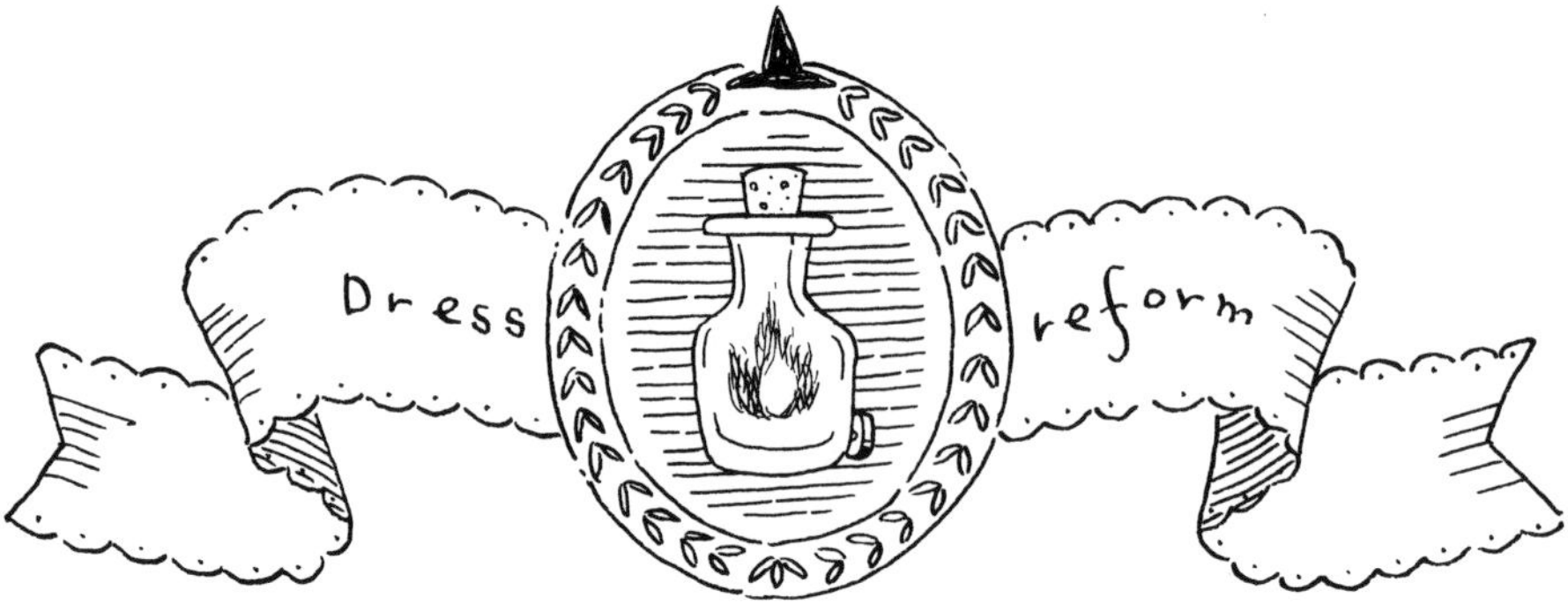

7

ナナ、ついに決心《けつしん》する！

その日《ひ》。フローラをみおくったあと、ナナも帰《かえ》る時間《じかん》がやってきました。そのとき、ハムスターたちの姿《すがた》がどこにもないことに気《き》がつきます。

「トッポとラッテとミューはどこへいったのかしら？　コットン。また家具《かぐ》の裏《うら》がわにはいっていったの？」

「いいえ、ナナさま。きょうの分《ぶん》のおそうじは、もうおしまいでございます。きっとどこかでひるねなさっているのでしょう。ハムスターの兄弟《きょうだい》はひるねが大好《だいす》きでございますからね。仕事中《しごとちゅう》でもときどき、うとうとなさっていますよ」

「そうなの。じゃあ、三びきにサヨナラをつたえてね。またあしたねって、いっておいて」

そういってナナがバッグをもとうとしたときでした。バッグの中《なか》でハムスターがひるねをしているのをみつけたのです。

「まあ！　コットンのいったとおりだわ」

ナナは目《め》を丸《まる》くしました。三びきは、からだをまりのように丸《まる》くして、ピッタリとよりそっています。

「かわいい！　まるでボールみたいね。でももう帰《かえ》るから、おきてもらわなくちゃ」

ナナは
「ごめんね」と
いいながら、三びきを
ちょっと指《ゆび》でつつきました。
ところが、三びきはねむったまま、
まったくうごきません。
こんどはもうすこし強《つよ》くつついて
みましたが、やっぱりおなじでした。
「三びきとも、まん丸《まる》になったまま

うごかないわ。まるで毛糸《けいと》で作《つく》ったポンポンが三《みっ》つあるみたい」

そうつぶやいたとき、ナナの頭《あたま》の中《なか》に、すてきなアイデアがひらめきました。

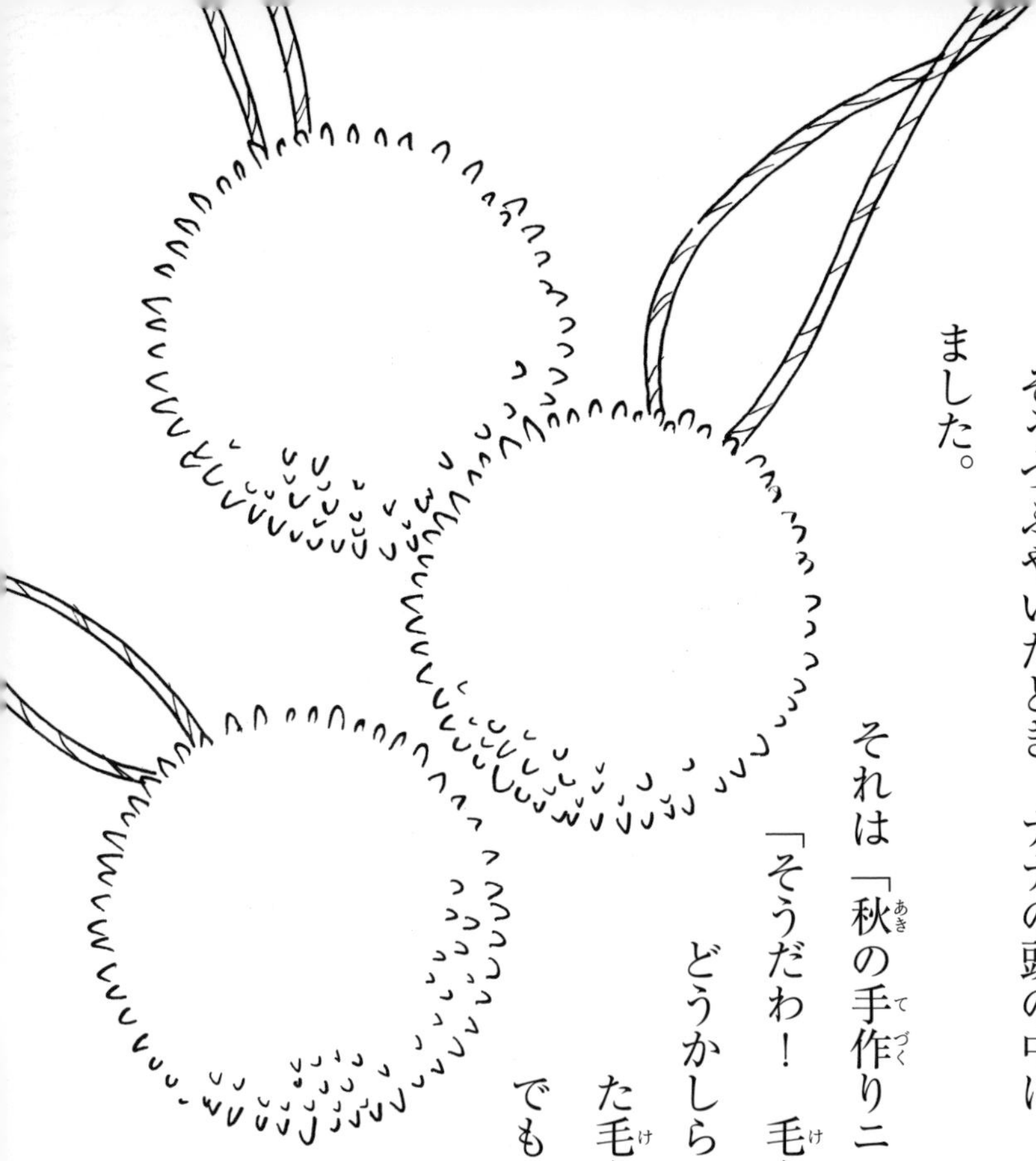

それは「秋《あき》の手《て》作《づく》りニットバザー」のことです。

「そうだわ！　毛糸《けいと》で丸《まる》いポンポンを作《つく》るのは
どうかしら？　セーターをあんであまった毛糸《けいと》とか、ほんのすこしの毛糸《けいと》
でも、ポンポンなら作《つく》れるもの。
それに、ポンポンなら
あみ物《もの》じゃないから、
わたしでもじょうずに

作《つく》れそう。このハムスターたちみたいに、いろんな色《いろ》の毛糸《けいと》をまぜて模様《もよう》を作《つく》ってもかわいいわね！」

コットンはそれをきくと、すぐに賛成《さんせい》してくれました。

「それは、よいアイデアでございます。ナナさま。」

もうてっきり『秋《あき》の手作《てづく》りニットバザー』の『作《つく》り手《て》』にはならないとばかりおもって

いました」
「いいえ、コットン。自信《じしん》がなくて『作《つく》り手《て》』になりますって、いいだせなかっただけ。ほんとうは、やってみたかったの」
そういって、ナナはポケットからバザーのチラシをとりだしました。何度《なんど》もよんでは、たたんだので、チラシは折《お》り目《め》がすりきれそうになっています。

それをみて、ナナは、はずかしそうに、でもきっぱりとこういったのです。

「いまだって自信《じしん》はないし、わたしのポンポンをバザーで買《か》ってくれるひとはいないかもしれないけど……。でもわたし、勇気《ゆうき》をだして毛糸《けいと》をもらってくるわ。『作《つく》り手《て》』になるって立候補《りっこうほ》して、ポンポンを作《つく》りたいの」

そのことばをきいて、シルクは肩《かた》をすくめました。

「そういうとおもっていたわ。ナナ。やっといったわね」

みんなのはなし声《ごえ》で、トッポが目《め》をさまし、ラッテもミューもおきあがります。そして、たのしそうにはなすシルクとナナ、コットンを、ねぼけた顔《かお》でみあげたのでした。

8

ハムスターもついに決心《けつしん》する！

つぎの日《ひ》。ナナは紙《かみ》ぶくろいっぱいの毛糸《けいと》をもってリフォーム支店《してん》にやってきました。きょうからポンポンを作《つく》りはじめるのです。

ナナはまず、糸《いと》まきにつかう小《ちい》さな台紙《だいし》をダンボールでたくさん作《つく》りました。そして、その糸《いと》まき台紙《だいし》に毛糸《けいと》をまいていきます。まきおわったらまん中《なか》をしばってリボン型《がた》にして、そのりょうはしの輪《わ》のところをはさみで切《き》ります。そのあと、糸《いと》まき台紙《だいし》をはずせば、「ポンポンのもと」のできあがり。これをはさみでカットしながら、丸《まる》くととのえていくのです。

作《つく》りはじめてしまうと、「じょうずにできるかしら」という自信《じしん》のなさや、「売《う》れ残《のこ》ったらどうしよう」という不安《ふあん》なきもちが、うそのよう

つくりかた1

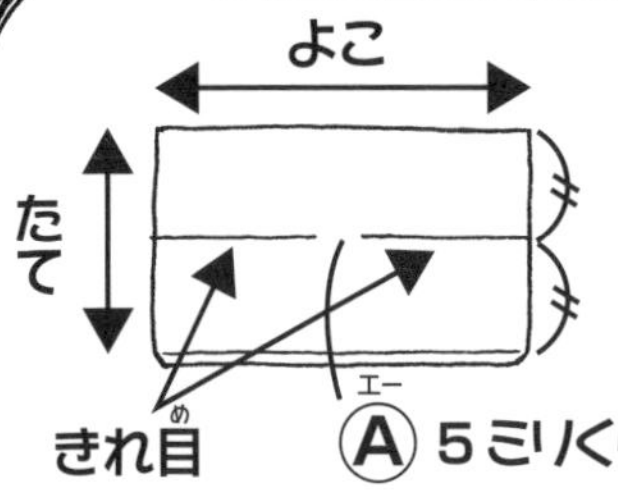

〈図《ず》〉

①ダンボールで図《ず》のような「台紙《だいし》」をつくる。
（できあがるポンポンの大《おお》きさは、たてのはばとおなじくらい）よこの長《なが》さはたてより長《なが》くしておくといとがまきやすい。
さいごに中央《ちゅうおう》にきれ目《め》をいれる。
（Ⓐ《エー》のようにまん中《なか》を5ミリくらいのこしておく）

②「台紙《だいし》」に毛糸《けいと》をまいていく。

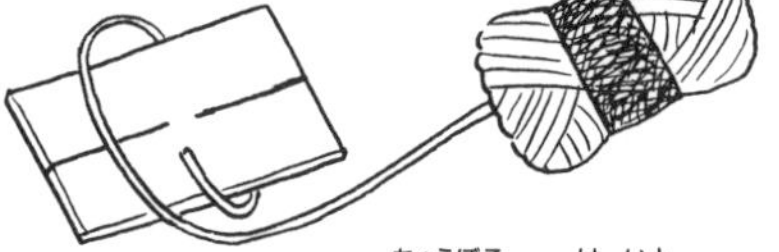

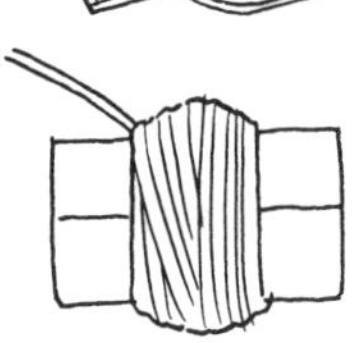

中細《ちゅうぼそ》の毛糸《けいと》なら250回《かい》くらいまくときれいなポンポンができる。

毛糸《けいと》をきったらさいごのひとまきにはしをとおしてとめる。

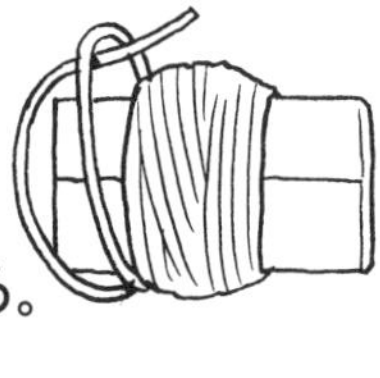

にきえていきました。

（つぎは何色《なにいろ》のポンポンを作《つく》ろうかしら。ワクワクしちゃう！）

ナナの心《こころ》の中《なか》には、だんだんと、そんなたのしいきもちだけがひろがっていったのです。

つくりかた2

③

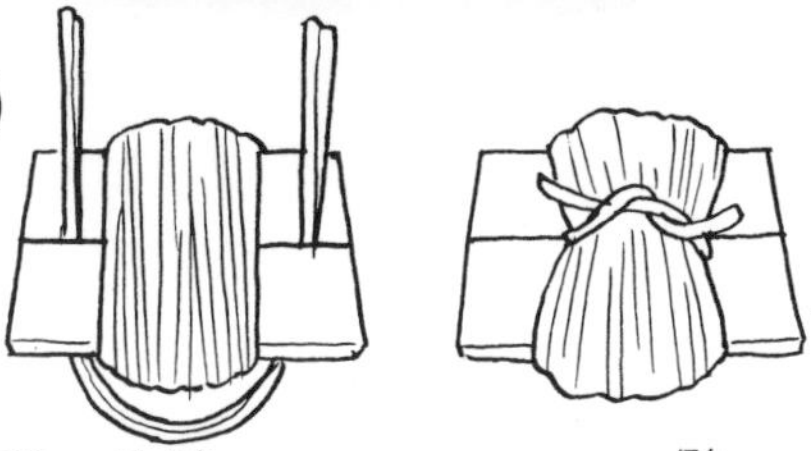

同《おな》じ毛《け》糸《いと》を50センチほど2本《ほん》きってかさね、ダンボールのきれ目《め》にさしいれてぎゅっとしっかりむすぶ。

④

「わ」になった部分《ぶぶん》をきる。
（きりづらいのですこしずつきりましょう）

⑤

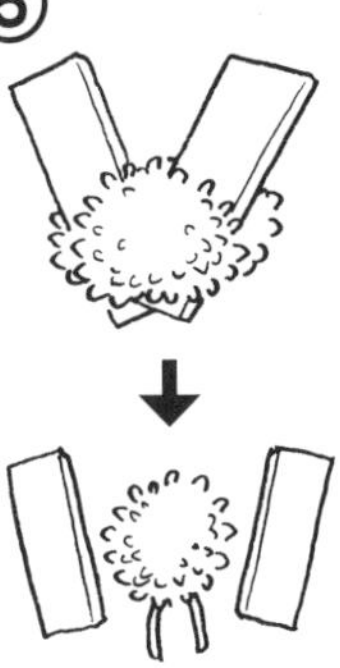

りょうほうの「わ」をきったら、台紙《だいし》をねじって〈図《ず》〉のⒶ《エー》をちぎり、台紙《だいし》をふたつにきりはなせば、ポンポンのもとのできあがり。

⑥

⑤をでこぼこがなくなるようにはさみできっていく。まん丸《まる》になるまでかりこむ。

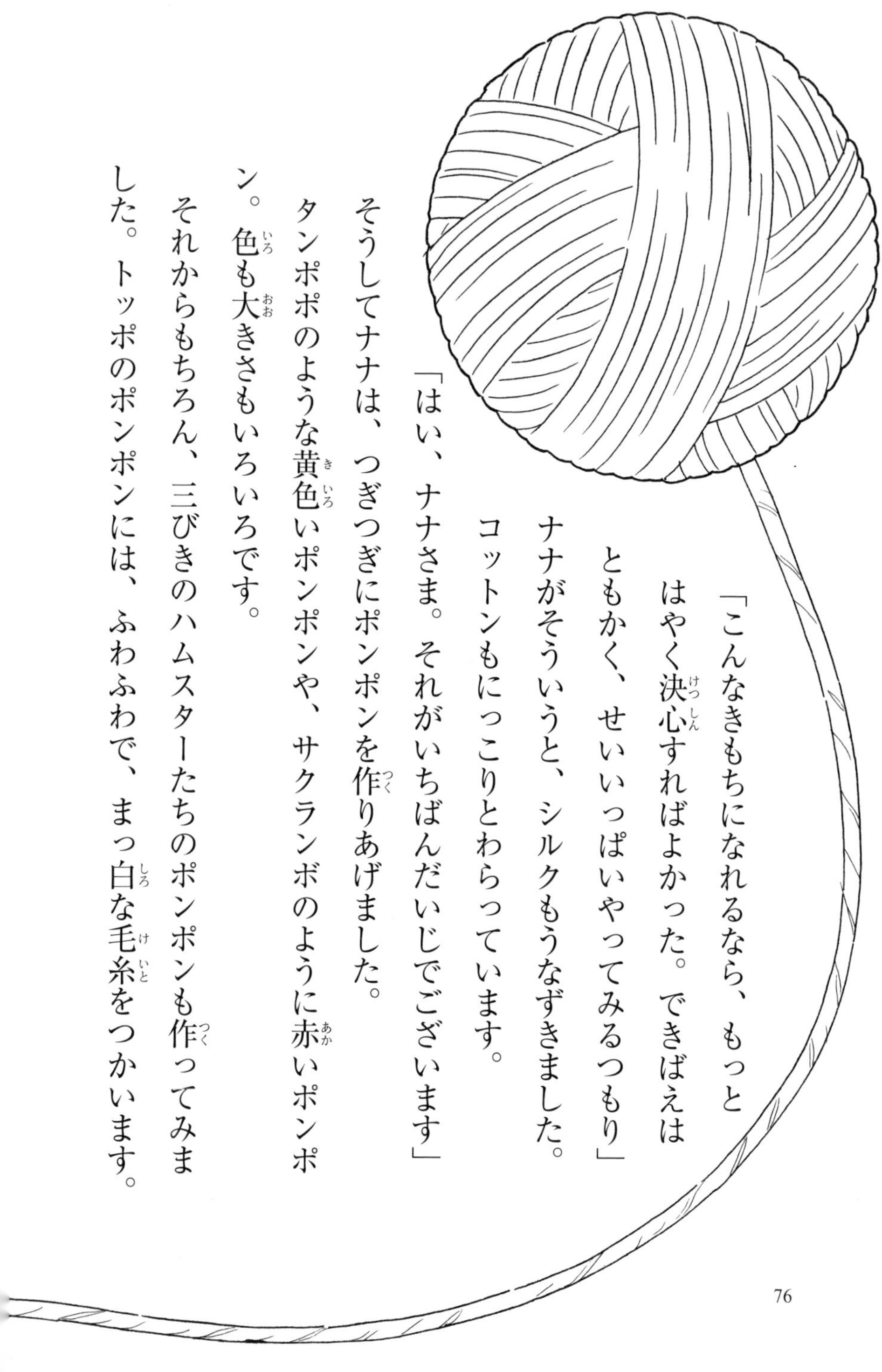

「こんなきもちになれるなら、もっとはやく決心《けっしん》すればよかった。できばえはともかく、せいいっぱいやってみるつもり」

ナナがそういうと、シルクもうなずきました。

コットンもにっこりとわらっています。

「はい、ナナさま。それがいちばんだいじでございます」

そうしてナナは、つぎつぎにポンポンを作《つく》りあげました。

タンポポのような黄色《きいろ》いポンポンや、サクランボのように赤《あか》いポンポン。色《いろ》も大《おお》きさもいろいろです。

それからもちろん、三びきのハムスターたちのポンポンも作《つく》ってみました。トッポのポンポンには、ふわふわで、まっ白《しろ》な毛糸《けいと》をつかいます。

ラッテは、カフェオレ色《いろ》とこい茶色《ちゃいろ》の毛《け》がまじりあった毛皮《けがわ》。ポンポンにも二色《しょく》の毛糸《けいと》をつかうことにしました。こい茶色《ちゃいろ》とうすい茶色《ちゃいろ》の毛糸《けいと》をかさねて、いっしょに糸《いと》まきしていきます。

ミューのポンポンは、半分《はんぶん》がグレー、もう半分《はんぶん》が白《しろ》になるように作《つく》りました。白《しろ》い毛糸《けいと》とグレーの毛糸《けいと》がまじりあわないように、となりあわせにまきつけていくのです。できあがったポンポンは、丸《まる》くなってねむるトッポ、ラッテ、ミューにそっくりでした。

「ナナさん、そのポンポンはぼくたちですか？」

ハムスターたちも、自分《じぶん》にそっくりのポンポンをみて大《おお》よろこび。

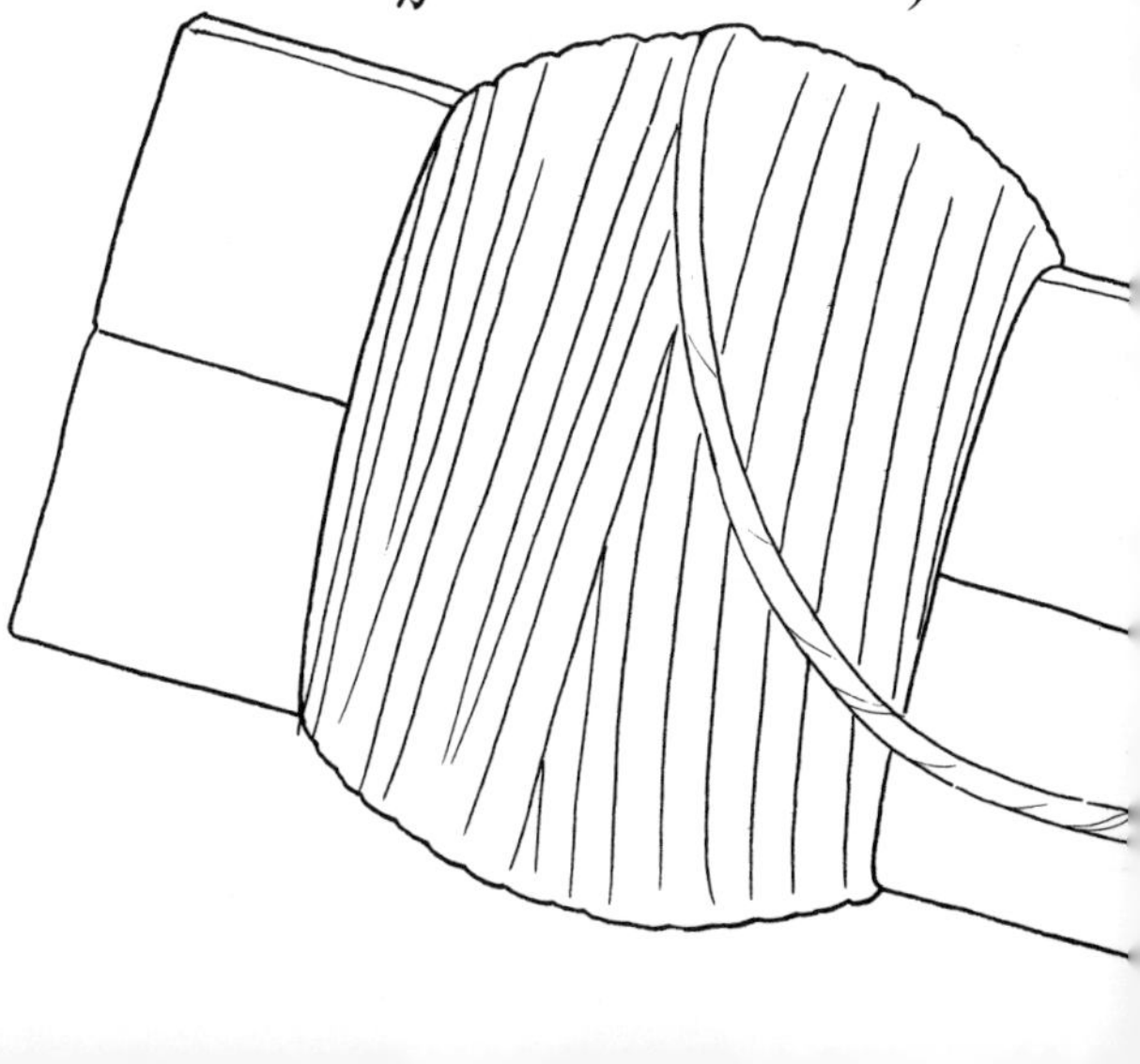

そんなハムスターに、ナナはお礼《れい》をいいます。
「ポンポン作《づく》りをおもいついたのは、
トッポ、ラッテ、ミューのおかげなのよ」
それをきいて、ふしぎそうに顔《かお》を
みあわせる三びきにナナはこうつづけます。
「三びきで丸《まる》くなって
ねている姿《すがた》がポンポンみたいで
かわいらしかったから、おもいついたの。
わたし、『バザーの作《つく》り手《て》』になりたいのに、
なかなかいいだせなくて……。
でも、ポンポンを作《つく》ってみたいきもちで

いっぱいになったら、すっと決心《けつしん》できたのよ。
ほんとうにありがとう」
そういってから、三びきのねむっている
ようすをおもいだしてクスリとわらいました。
「トッポもラッテもミューも、
まん丸《まる》になっておひるねすると、
なかなかおきないのね。びっくりしちゃった」
ナナがそういうと、
シルクもあきれてわらいます。
「ほんと。あんたたちが丸《まる》まって
いねむりをはじめると、つついても

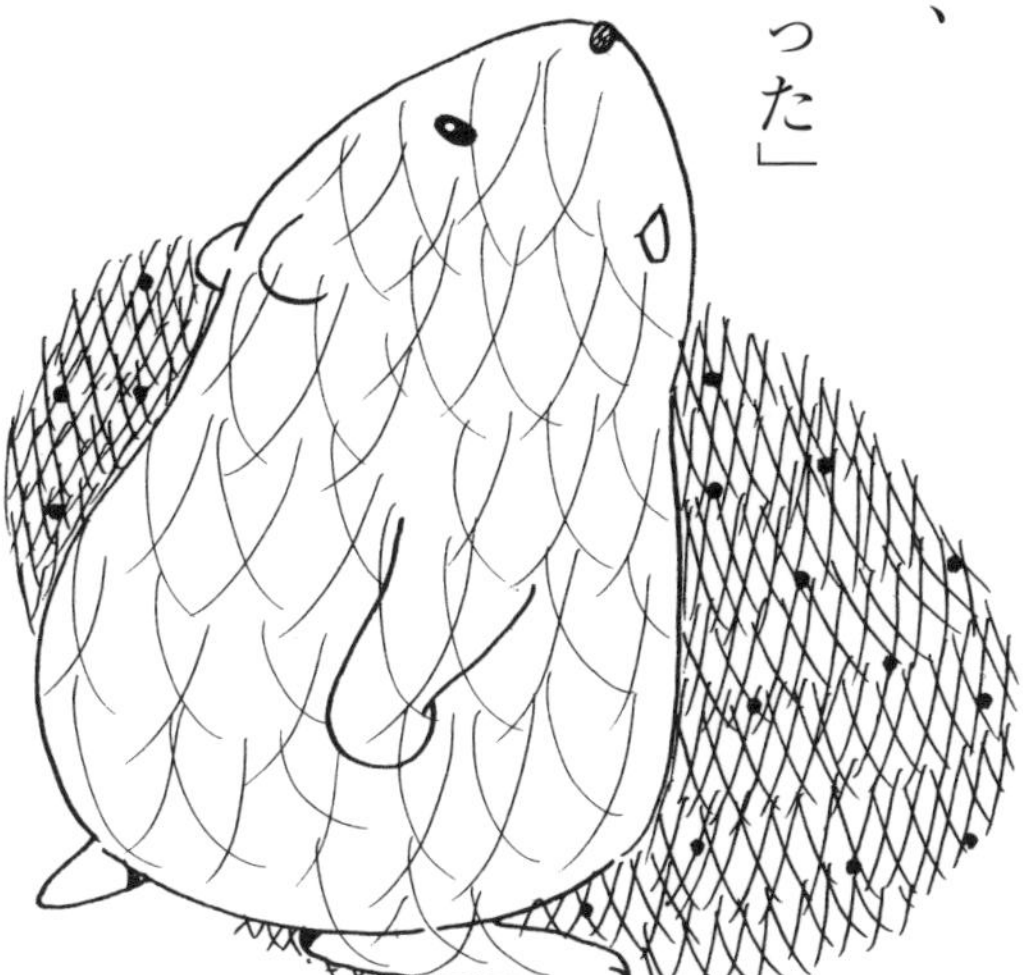

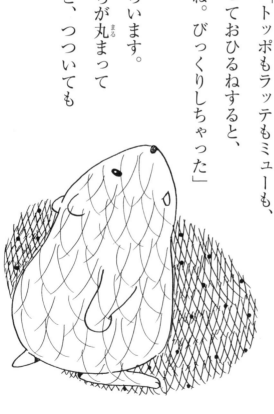

うごかないんだから。あきれるわ」

するとハムスターたちはあっさりとうなずきました。

「ぼくたちは丸《まる》くなってねるのが得意《とくい》なんです。いつでもどこでも、いくらでも丸《まる》まっていられるんですよ」

それをきいて、コットンがポンと手《て》をたたきました。

「それはすばらしい！　丸《まる》まれば、うごかずにじっとしていられるのでございますね？　それなら『生《い》きてる毛皮協会《けがわきょうかい》』のお仕事《しごと》もできるでしょう」

そのことばに、ハムスターたちは、はっとなって、顔《かお》をみあわせました。せわしなくうごく自分《じぶん》たちが、じっとしていられる方法《ほうほう》がみつかったのです。でも、トッポがざんねんそうに首《くび》をかしげました。

「お仕事《しごと》ができればうれしいけれど、小《ちい》さな丸《まる》い毛皮《けがわ》なんて、なににつ

かえるんでしょう？　このポンポンだって、かわいいけれど、どうやってつかうんですか？　ナナさん」

するとナナは、得意《とくい》げにわらって、こうさけびます。

「いろいろつかえるのよ！」

そうして、自分《じぶん》でえがいてきたデザイン画《が》をハムスターたちにみせました。

そこには、ポンポンで作《つく》るいろいろな品物《しなもの》の

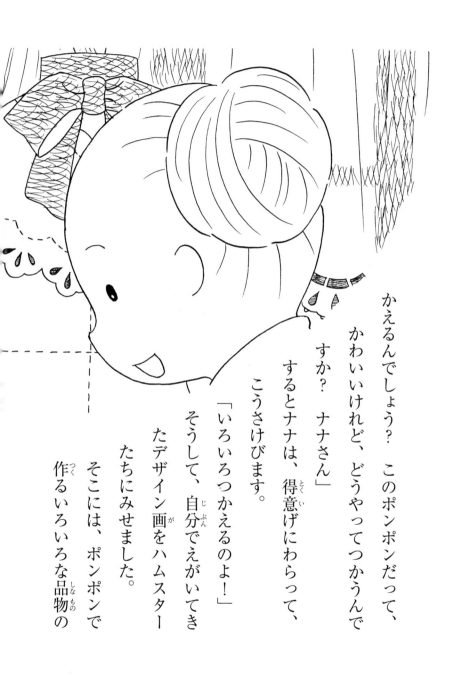

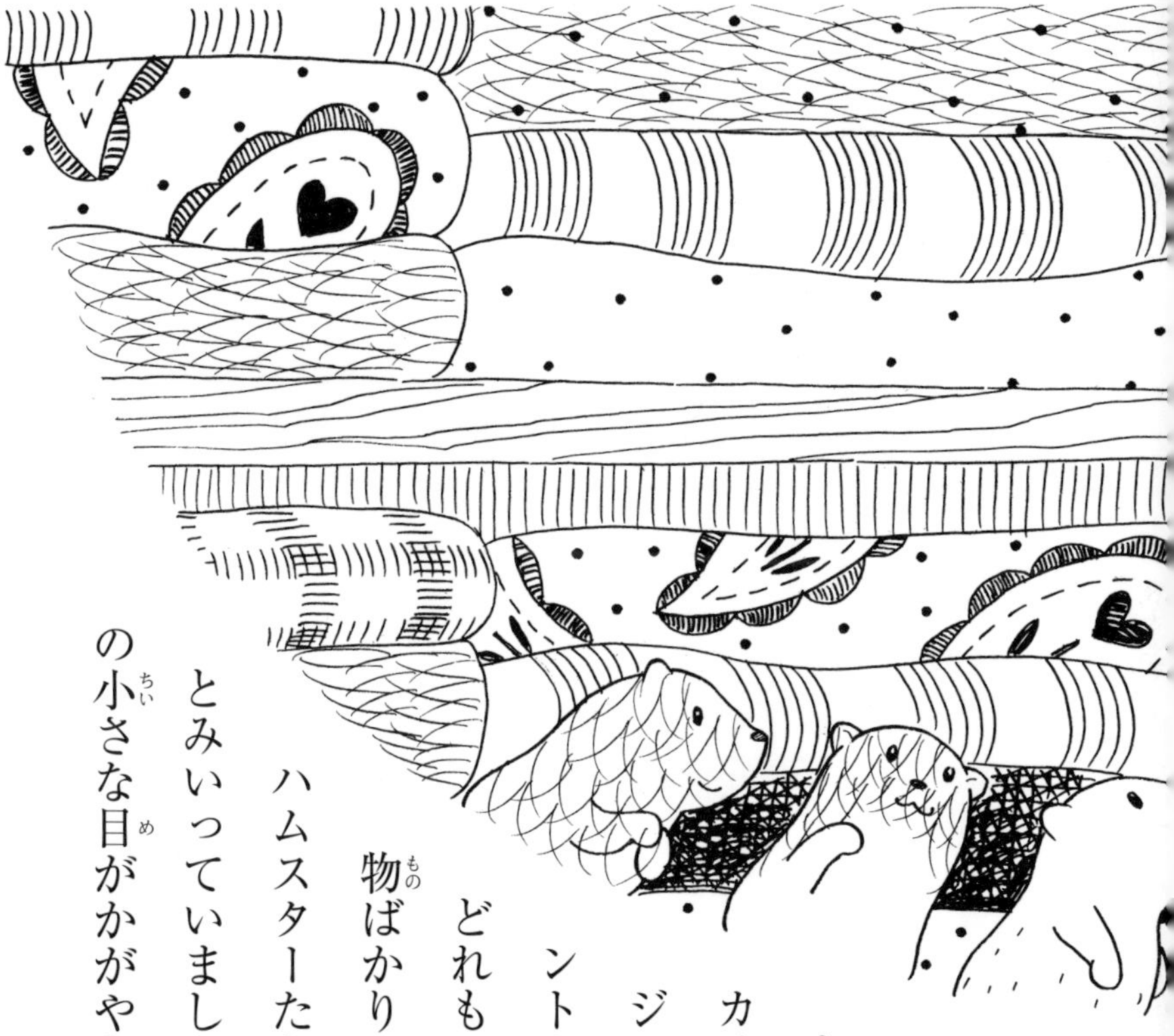

スケッチが、たくさんえがいてあったのです。キーホルダーやヘアゴム。カチューシャかざりにコサージュ、クリスマスのオーナメントやマフラーまでありました。どれもバザーで人気《にんき》のでそうな品《しな》物《もの》ばかりです。

ハムスターたちは、このスケッチにじっとみいっていました。そして、だんだんとその小《ちい》さな目《め》がかがやきはじめます。

かんたん＊
つくろう♥

① ポンポンをつくる

74、75ページのとおりに白《しろ》い毛糸《けいと》で
ポンポンをつくります。

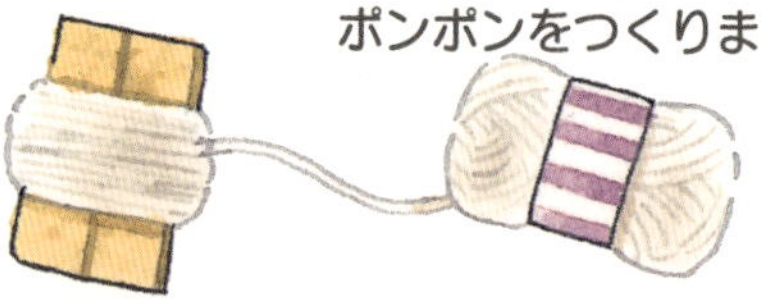

•トッポ•

② パーツをよういする

フェルトを
きって、
耳《みみ》、口《くち》、足《あし》をよういします。
目《め》はぬいぐるみ用《よう》の目《め》を
つかいます。

③ パーツをはる

②にボンドをつけてポンポンにはります。
ピンセットをつかったりして、
じょうずにはり
ましょう。

•ラッテ• 2色《しょく》の毛糸《けいと》をまとめて
いっしょに125回《かい》くらいまいて
つくります。

•ミュー• 白《しろ》とグレーの
毛糸《けいと》をまじりあわないように
125回《かい》ずつまいてつくります。

＊とっても
ポンポン

ポンポンヘアゴム

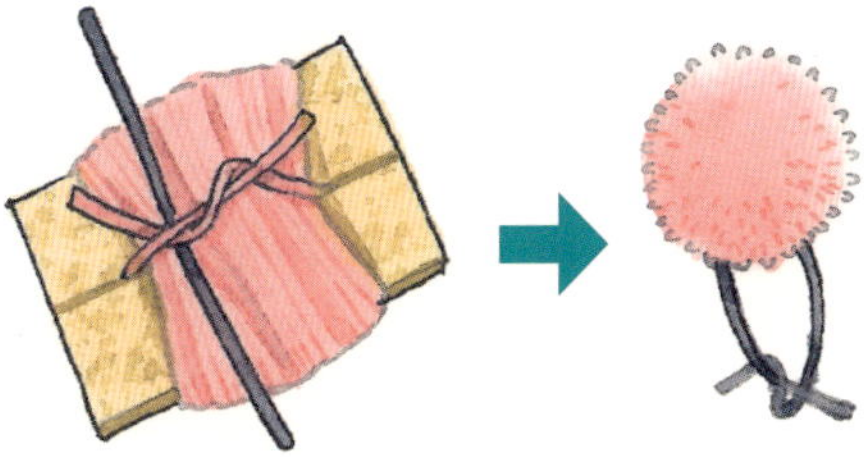

75ページの「つくりかた③」のところでゴムをいっしょにしばります。

ポンポンの形《かたち》をととのえたらゴムをしばってわにします。

ポンポンチャーム

クリスマスツリーのオーナメント

ストラップ

ラッピングのチャーム

チャームのひもにするリボンやひもをえらんで「つくりかた③」(75ページ)でいっしょにしばります。

ポンポンのガーランド

「つくりかた③」(75ページ)でしばった毛糸《けいと》を長《なが》くのこして、それをひもにむすんでつくります

「ぼくたちにも『生《い》きてる毛皮《けがわ》』の仕事《しごと》ができそうな気《き》がしてきたぞ」

「そうおもうと、わくわくしてくる。こんなきもちは、はじめてだ」

そして、ナナとコットンにこうたずねました。

「ぼくたちにも、『生《い》きてる毛皮協会《けがわきょうかい》』の仕事《しごと》ができるでしょうか？」

「もちろんでございますとも。丸《まる》まれば、みなさんはすぐにでも、りっぱな『生《い》きてる毛皮《けがわ》』としてはたらけます。ねえ、ナナさま？」

「そのとおりよ、コットン。あとはきのうのわたしみたいな『おもいきってやってみよう！』っていう決心《けっしん》がひつようなだけね」

すると、ハムスターたちは声《こえ》をそろえました。

「その決心《けっしん》なら、もうできています！」

そして、こうつづけたのです。

「やらないいいわけはもうしません。ナナさんが『秋《あき》の手作《てづく》りニットバザー』の『作《つく》り手《て》』に名《な》のりをあげたのとおなじです。つぎに仕事《しごと》の依頼《いらい》がきたら、ことわらないで、おもいきってやってみます」

そうきくと、コットンはうれしそうにうなずきました。

「それなら、あとひつようなのは、みなさんにぴったりなお仕事《しごと》のチャンスだけ、でございますね」

と、そのとき、シルクが三びきをのぞきこみました。

「あら。そのチャンスなら、わたしがいますぐ用意《ようい》してあげてもよくってよ」

シルクはそういって、スケッチブックをひろげると、鉛筆《えんぴつ》をはしらせはじめたのです。

9

「一《いっ》歩《ぽ》ふみだせるマント」とは？

「フローラのマントのデザインね？　シルク」

ナナはうれしそうにいいました。

そしてちょっと首《くび》をかしげます。

「でも、あの注文《ちゅうもん》はとりけしになったんでしょ？　それでもリフォームするの？」

心配《しんぱい》するナナに、シルクは肩《かた》をすくめました。

「古《ふる》いドレスの中《なか》には、ほどいてみたら、もう元《もと》どおりにぬいあわせられないほど布《ぬの》がいたんでいるものもたくさんあるのよ、ナナ。あのマントだって、ずいぶん古《ふる》いものだし、たけもフローラにあわせてみじかくしなくちゃ。フローラとは『着《き》られるように直《なお》してあげる』って約束《やくそく》したんだから、問題《もんだい》ないわ」

シルクはいいわけするようにそういってから、もう一度肩《どかた》をすくめてこうつづけました。

「一度《ど》うけとったお洋服《ようふく》を、そのままかえすおさいほう魔女《まじょ》はいなくてよ、ナナ。それに、フローラには背中《せなか》をおしてくれるリフォームがひつようではなくって？」

「そのとおりよ、シルク。わたしもリフォームに大賛成《だいさんせい》！」

ナナがにっこりとうなずくとなりで、コットンもうれしそうに胸《むね》をはりました。

「きっとフローラどのもよろこばれることでしょう。なにしろ、シルクさまのおさいほうをよろこばない魔女《まじょ》どのは、ひとりだっているはずがございませんからね」

そうきいて、ナナはおかしくなりました。コットンはシルクの腕前《うでまえ》をだれよりも信《しん》じていて、自分《じぶん》のことのようにほこらしくおもっているのです。

でも、鉛筆《えんぴつ》をにぎったシルクの手《て》は、さっさとはうごきませんでした。デザインは何枚《なんまい》かかきあがりましたが、どれもぴんとこないのです。デザイン画《が》はどれもすてきなのに、なにかがたりない気《き》がします。シルクは腕組《うでぐ》みをして、こういいました。

「どんなにすてきなデザインでも、
それだけじゃダメね。だいじなのは、
フローラが一歩《いっぽ》ふみだせるような、
勇気《ゆうき》をあげられるリフォームか
どうかってことよ」

シルクはそういって、スケッチブックをめくり、まっさらなページをひらきました。そしてその「もくてき」の欄《らん》に、
「一歩《いっぽ》ふみだせるマント」と
かきこんだのです。

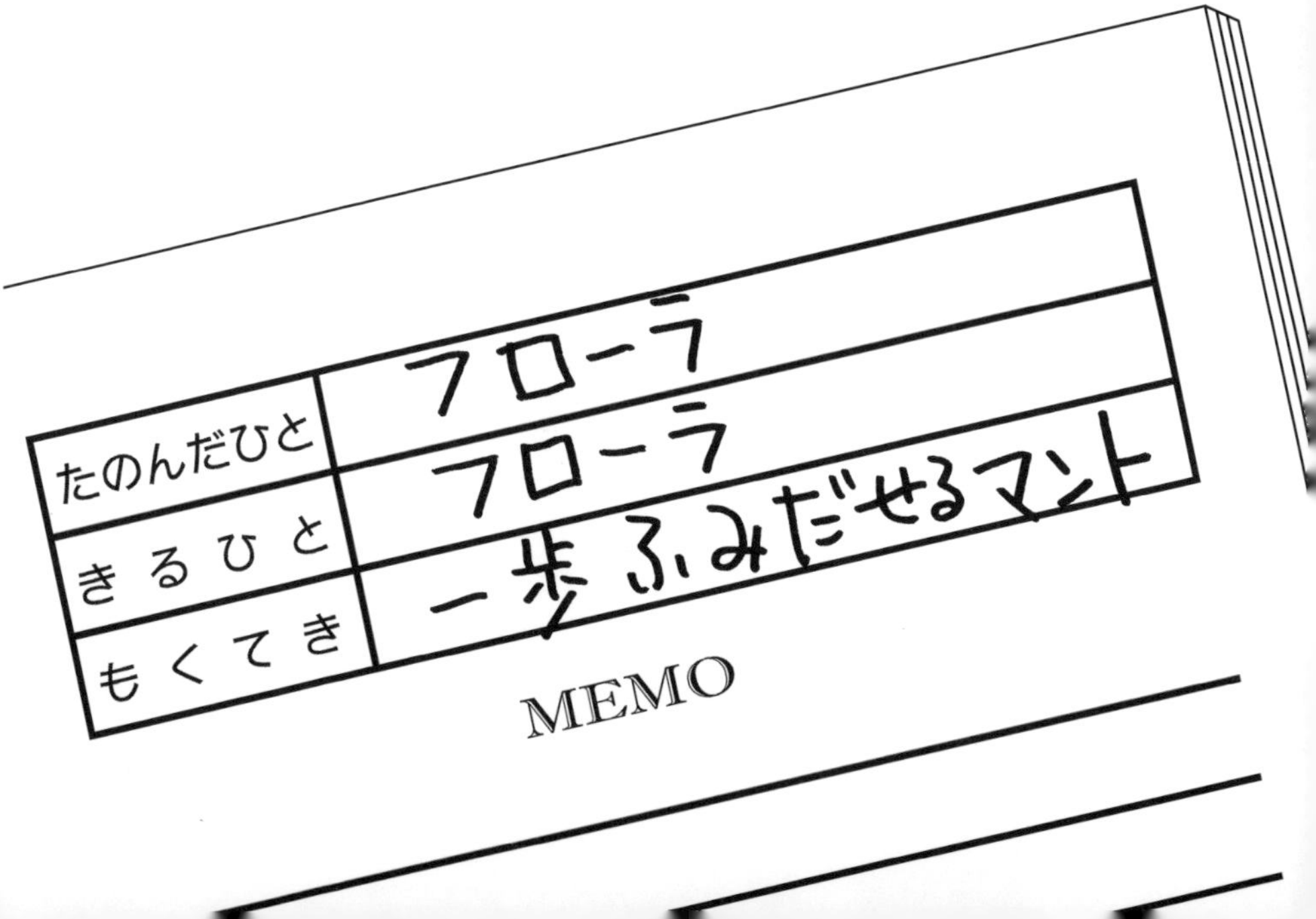

そんなシルクに、コットンがこういいました。

「はじめの一歩《いっぽ》がふみだしやすいように、マントをかるくしては、いかがでしょう？　シルクさま」

すると、ナナもうなずきます。

「たしかにあのマントは重《おも》すぎるわ、シルク」

そうきいて、シルクははじめてフローラがやってきた日《ひ》のことをおもいだしていました。マントをはおったフローラは、不安《ふあん》げな顔《かお》をしたのです。

「『失敗《しっぱい》して、家族《かぞく》をガッカリさせるかもしれない』とか『魔法薬草《まほうやくそう》を枯《か》らしちゃうかも』っていう不安《ふあん》が、マントの『重《おも》さ』とおなじように、肩《かた》にのしかかってきたのかも。それで深刻《しんこく》なきもちになったのかもしれないわ」

そこでシルクは、ふわりとかるく一歩《いっぽ》をふみだせるようなマントにリフォームしようと決《き》めました。

「それには、裏地《うらじ》をはりかえるのが、いちばんよ」

マントの生地《きじ》をさわってたしかめると、シルクはきっぱりとそういいました。

ふつうのドレスは、ぬいだときくらいしか裏地《うらじ》はみえません。けれど、前《まえ》ボタンのないマントは、ふつうにたっているだけでも裏地《うらじ》がみえてい

るのです。ですからマントの裏地《うらじ》は、表地《おもてじ》とおなじくらいたいせつでした。それに、風《かぜ》でマントがひるがえったときに、美《うつく》しい裏地《うらじ》がみえると、とてもドラマチックです。そんなようすをえがいた古《ふる》い絵《え》もたくさんありました。

「いまのマントは、表《おもて》も裏《うら》もまっ黒《くろ》な生地《きじ》だけど、裏地《うらじ》の色《いろ》をかえるだけで、目《め》をひくマントになりそうね、シルク」

ナナがわくわくしてそういうと、

シルクも目《め》をかがやかせました。
「そうね。もちろん、色《いろ》はかえるつもりよ。でも、生地《きじ》もしんちょうにえらばなくちゃいけないわ。『ふうせん羊《ひつじ》の織物《おりもの》』をつかってみようかしら?」
シルクがそういうと、コットンがポンと手《て》をたたいて大賛成《だいさんせい》しました。そのよこで、ふしぎそうな顔《かお》をするナナにシルクがこうはなします。

「ふうせん羊《ひつじ》はふわふわしたかるい毛《け》をもつ動物《どうぶつ》よ、ナナ。その毛《け》は空《くう》気《き》よりかるいといわれているの。毛《け》がのびてくると、風船《ふうせん》のように浮《う》かびあがる羊《ひつじ》までいるくらいなのよ。だからふうせん羊《ひつじ》ってよばれているのよ」

ますますふしぎそうな顔《かお》のナナに、コットンがこうつづけます。

「もちろん、ふうせん羊《ひつじ》の毛《け》でおった布《ぬの》もとくべつにかろやかでございます。上等《じょうとう》なものは、手《て》をはなしてもしばらく宙《ちゅう》に浮《う》くほどでございますから。『ふうせん羊《ひつじ》の織物《おりもの》』を一枚《まい》はおれば、だれでも体重《たいじゅう》がかるくなり、まるでとぶようにあるくことができると、いわれているのでございます」

「このリフォームにピッタリな布《ぬの》ね、シルク、コットン。フローラのき

もちまでかるくなりそうだわ」

マントのすりきれたふちは、リボンのテープでぐるりとおおいました。

そして仕上《しあ》げに、あたらしいマント留《ど》めをかきこみます。

それはまっ赤《か》なはばの広《ひろ》いベルベットで作《つく》られていて三つの丸《まる》い毛皮《けがわ》がかざられていました。

「これは、
ぼくたち……？」

デザイン画《が》をのぞきこんだハムスターたちは、おずおずとたずねました。
「もちろんそうよ」
シルクがそうこたえると、三びきの心《こころ》の中《なか》に、だんだんとほこらしいきもちがひろがっていったのです。それはトッポもラッテもミューもいままで感《かん》じたことのない、すばらしいきもちでした。

たのんだひと	フローラ
きるひと	フローラ
もくてき	一歩ふみだせるマント

MEMO

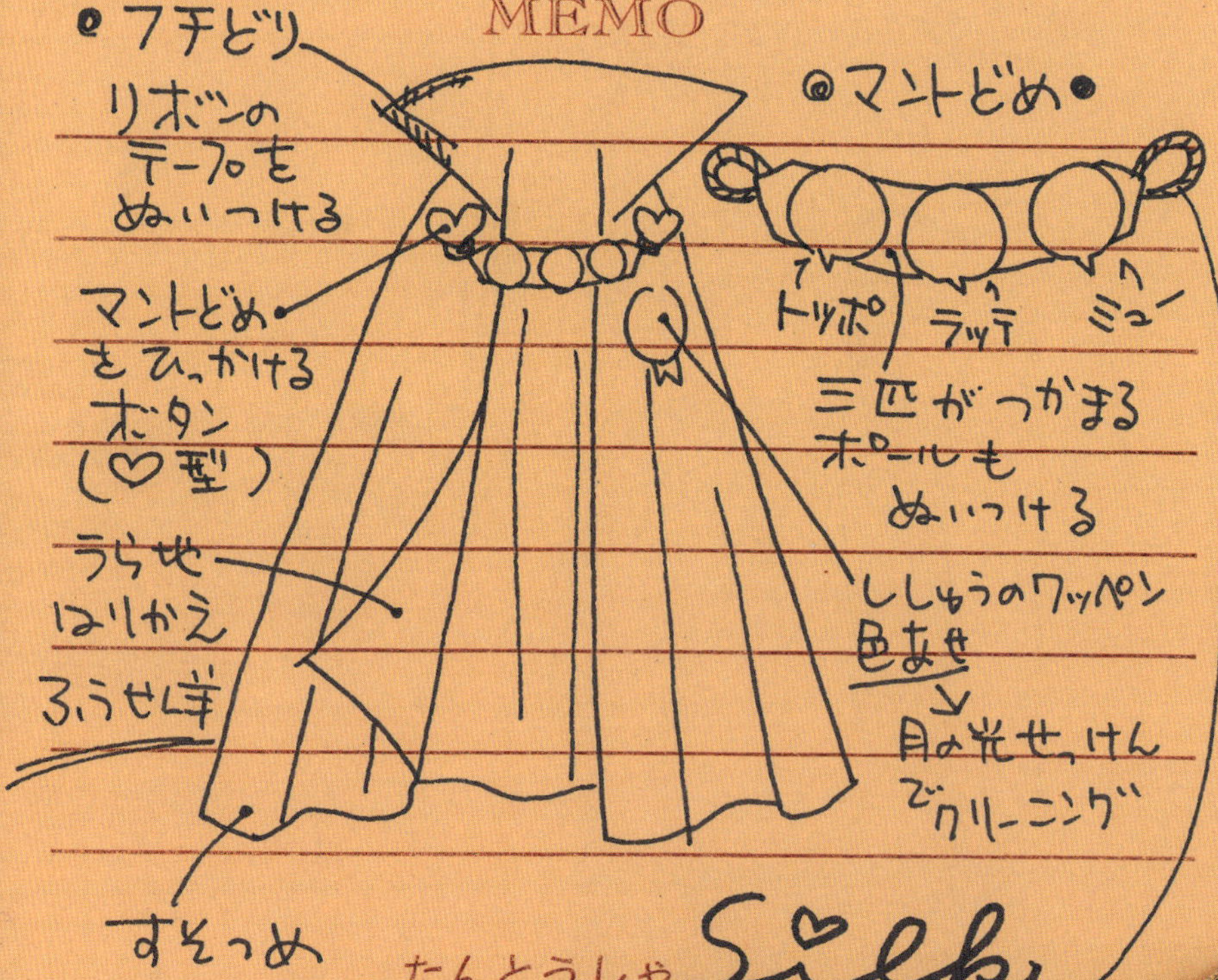

たんとうしゃ Silk

みほん

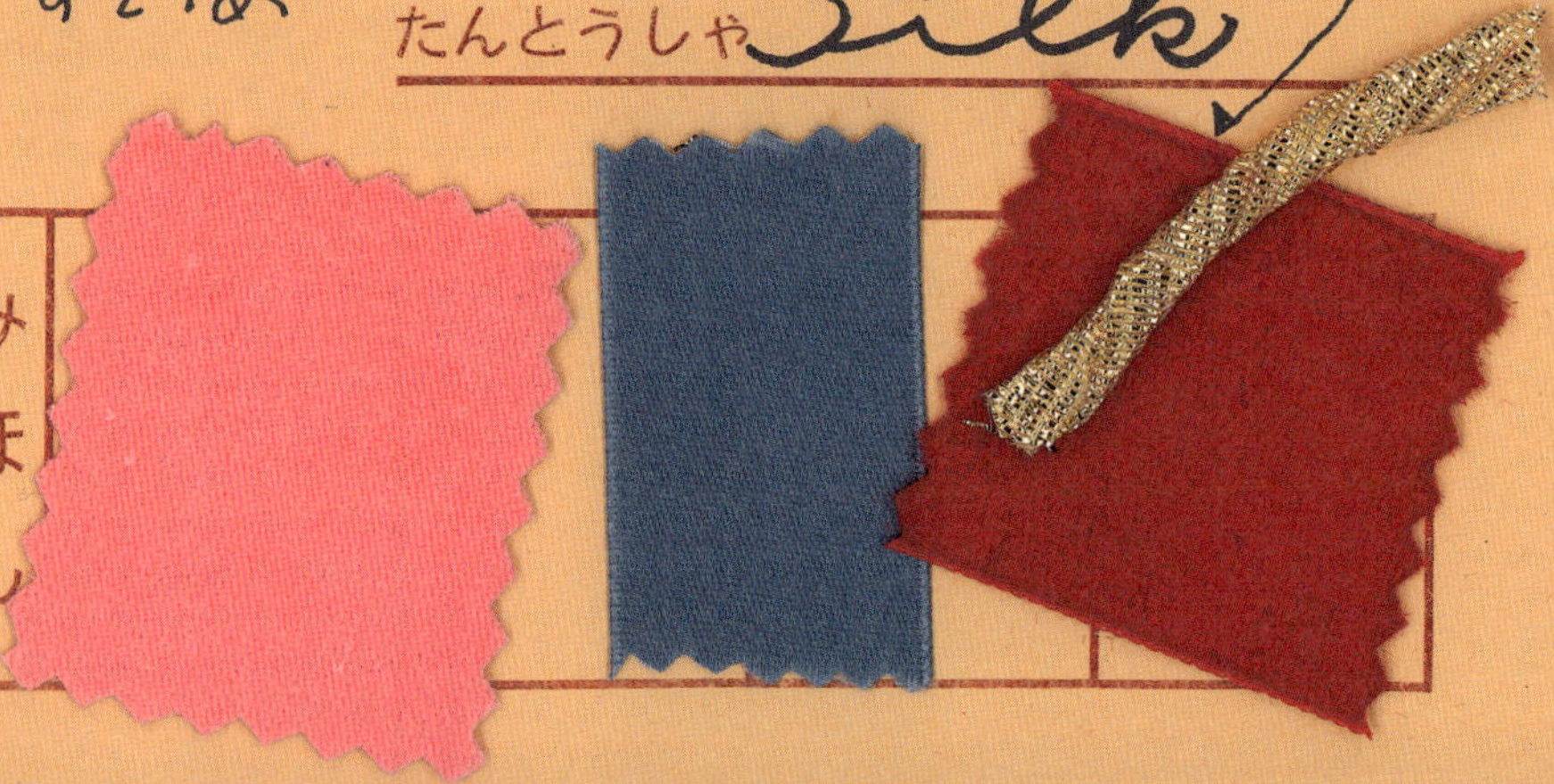

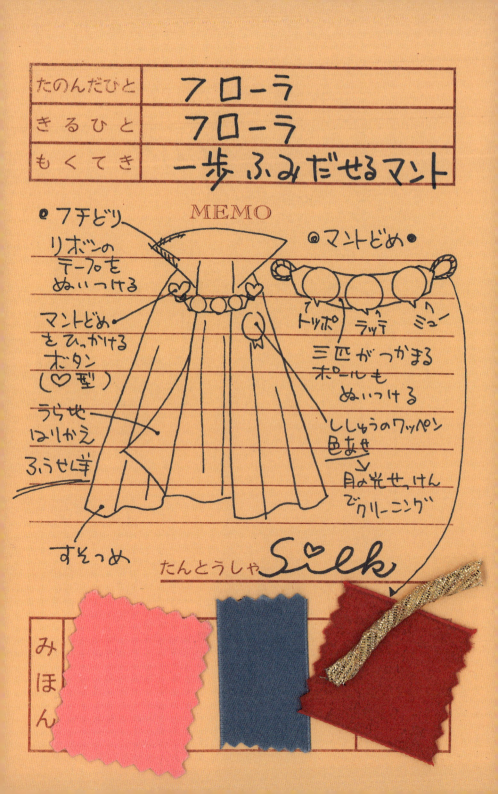

No.

10

ふうせん羊《ひつじ》の織物《おりもの》

こうしてつぎの日《ひ》からリフォームがはじまりました。

色《いろ》あせたワッペンは、マントからはずして、「月《つき》の光《ひかり》せっけん」であらいます。このせっけんには、色《いろ》をよみがえらせるききめがあるのです。

そのあと、シルクとコットン、ナナの三人《にん》は、しんちょうにマントのぬい目《め》をほどいていきました。こうしてマントの裏地《うらじ》をすべてとりさってしまうのです。きょうはナナのポンポン作《づく》りもお休《やす》み。とちゅうから三びきのハムスターも手伝《てつだ》って、やっとのことで裏地《うらじ》をはずしおわりました。つぎにコットンがローズウォーターをふきかけながら念《ねん》いりにアイロンがけをします。すると、古《ふる》い布《ぬの》にまとわりついていたタンスの中《なか》のジメジメしたにおいや、虫《むし》よけ薬《ぐすり》のいやなにおいが、すっかりなくなりました。そのかわり、ローズウォーターのほのかなバラの香《かお》りがただよってきます。

「これでさっぱりいたしました」

コットンがそういってアイロンをかたづけはじめると、シルクは黒猫《くろねこ》のゆびぬきをはめてクローゼットの前《まえ》にたちました。

「薬草園芸魔女《やくそうえんげいまじょ》フローラ！」

そうさけんで、ゆびぬきでとびらをコツコツとたたくと、クローゼッ

トの中《なか》にフローラとおなじサイズのトルソーがあらわれます。トルソーにマントを着《き》せつけて、ひきずらないようにたけをすこし切《き》りおとすと、ひいひいおばあちゃまのマントは、フローラのマントにうまれかわりはじめたようにみえました。

「つぎはふちをテープでおおうのね？　シルク」

デザイン画《が》どおりにリフォームをすすめると、マントはますますすてきになっていきます。

そうして、あとは裏地《うらじ》をぬいつけるばかりになったのです。

「あしたは『ふうせん羊《ひつじ》の織物《おりもの》』を買《か》いに、魔法市場《まほういちば》にいくわよ、ナナ」

それをきいて、ナナは目《め》をかがやかせます。ナナにとって魔法市場《まほういちば》は、ふしぎな魔法《まほう》グッズをみることができるたのしい場所《ばしょ》。何度《なんど》いってもたいくつしたことがありません。

そこへコットンが、たっぷり紅茶《こうちゃ》をそそいだマグカップをはこんできました。

「『ふうせん羊《ひつじ》の織物《おりもの》』はいろいろな店《みせ》で売《う》っておりますが、キャンプ用《よう》のタープとしておられたものがいちばん上等《じょうとう》でございましょう。たしか『それいけ魔法《まほう》スポーツ』の山登《やまのぼ》り支店《してん》にあったはずでございます」

タープというのは、キャンプで日《ひ》ざしや雨《あめ》をふせぐためにはる天幕《てんまく》のことです。

「わあ、あしたがたのしみ！」

ナナはおもわず、そうさけびました。

つぎの日《ひ》。魔法旅行《まほうりょこう》シートで魔法市場《まほういちば》についたシルク、ナナ、コットンは、さっそく「それいけ魔法《まほう》スポーツ・山登《やまのぼ》り支店《してん》」へむかいました。

「魔法《まほう》のスポーツ用品店《ようひんてん》って、どんなところかしら？　たのしみだわ」

そういうナナに、コットンがにっこりとほほえみました。

「『それいけ魔法《まほう》スポーツ』は、品《しな》ぞろえでは、いちばんのスポーツ用《よう》品《ひん》の店《みせ》でございます、ナナさま。いまは、キャンプや山登《やまのぼ》り、トレッキ

ングをたのしまれる魔女《まじょ》どのがふえたので、山登《やまのぼ》り支店《してん》は大繁盛《だいはんじょう》なのでございますよ」

店《みせ》につくと、コットンのことばどおり、たくさんの魔女《まじょ》が買《か》い物《もの》をしていました。魔女《まじょ》たちが手《て》にとっている品《しな》じなは、ナナにはふしぎなものばかりです。

なかでも、店《みせ》のいちばんいい場所《ばしょ》につみあげられた「ぜったい消《き》えないトーチ」は魅力的《みりょくてき》でした。小《ちい》さなボトルの中《なか》であかるい炎《ほのお》がゆらめいています。その下《した》には炎《ほのお》の大《おお》きさを調節《ちょうせつ》するつまみまでついていました。この炎《ほのお》のボトルのトーチのよこには、いろいろな付属品《ふぞくひん》がならんでいます。トーチをとりつけられる長《なが》いぼうや、頭《あたま》にとりつけられるはちまきのようなもの、合図《あいず》をおくるためにトーチをクルクルまわすアタッチメントまでありました。ねだんの札《ふだ》には「ぜったい消《き》えない魔《ま》法《ほう》つき。消《き》えたら返《へん》金《きん》!」とかいてあります。

もうすこし店《みせ》の奥《おく》にはいっていくと、こんどは「ストーカー方《ほう》位《い》磁《じ》石《しゃく》」というアイテムからナナは目《め》がはなせなくなりました。ふわふわと宙《ちゅう》に浮《う》いているふしぎな矢印《やじるし》です。矢印《やじるし》はいつも北《きた》をさしていて、魔《ま》女《じょ》が移《い》

動《どう》するとふわふわ浮《う》きながら勝手《かって》についてくる「ストーキング魔法《まほう》」がかけてあるとかいてありました。追加料金《ついかりょうきん》をはらえば、矢印《やじるし》がいきたい場所《ばしょ》をさすようにする魔法《まほう》もかけられるようです。にもつの多《おお》い山登《やまのぼ》りで、方位磁石《ほういじしゃく》をさがすてまがはぶけると大人気《だいにんき》の商品《しょうひん》でした。

そんな商品《しょうひん》がならぶ店《みせ》のいちばん奥《おく》に、「高級《こうきゅう》キャンプ用品《ようひん》」の売《う》り場《ば》がありました。ならんでいる品物《しなもの》も、革《かわ》ばりだったり、きらきらしていたりして、いかにも高級《こうきゅう》そうです。売《う》り場《ば》にはいると、店員魔女《てんいんまじょ》がやってきました。

「いらっしゃいませ。なにをおさがしですか？　どんなものでも、最高《さいこう》級《きゅう》のお品《しな》をご用意《ようい》しております」

「『ふうせん羊《ひつじ》の織物《おりもの》』で作《つく》ったタープをいただきたいの。上等《じょうとう》でやわらかいのがいいわ。あるかしら?」

「もちろん、ございます」

そういって店員魔女《てんいんまじょ》は、うれしそうに手《て》をこすりあわせました。

「ふうせん羊《ひつじ》の織物《おりもの》」はとても高価《こうか》だからです。

「これはいかがでしょう? おきゃくさま。色《いろ》も三色《しょく》からおえらびいただけます」

店員魔女《てんいんまじょ》は、かぎのかかった戸棚《とだな》からタープをとりだしました。それは、サテンのように美《うつく》しいツヤのある布《ぬの》でできています。

「さあ、ごらんあそばせ！」

店員魔女《てんいんまじょ》がそうさけんでタープをほうりあげました。するとタープは、ストンと床《ゆか》におちることなく、ユラユラまいながら、ゆっくりとおりはじめたのです。

そのようすにナナは目《め》を丸《まる》くし、シルクは満足《まんぞく》そうにうなずきました。

「たしかに上等《じょうとう》ね。この紫《むらさき》がかったピンクのタープをいただくわ」

「お買《か》いあげありがとうございます。サービスで『ぜったいぬれない魔《ま》法《ほう》』もおつけできます。雨《あめ》の日《ひ》にはべんりですよ」

マントにつかうのですから、ぬれない方《ほう》がいいに決《き》まっています。

サービス魔《ま》法《ほう》をかけてもらい、美《うつく》しいピンクのタープをつつんでもらうと、店《みせ》をでました。

「さあ。すぐに帰《かえ》って、マントにぬいつけなくちゃ」

ざんねんそうな顔《かお》のナナを魔《ま》法《ほう》旅《りょ》行《こう》シートのけむりがつつむと、シルク、コットンといっしょに、あっというまにリフォーム支《し》店《てん》へともどってきたのでした。

11

ほんとうのきもち

　いよいよ、リフォームの仕《し》上《あ》げがはじまりました。

　フローラには、あしたわたす約束《やくそく》です。

　シルクは、買《か》ってきたばかりの「ふうせん羊《ひつじ》の織物《おりもの》」をひろげると、型紙《かたがみ》にあわせてあっというまに切《き》りだしました。そして、ミシンの前《まえ》にすわって、マントの裏《うら》にぬいつけはじめます。そうしているあいだも「ふうせん羊《ひつじ》の織物《おりもの》」はふわふわと浮《う》きあがるので、そのたびにおさえこまなくてはなりませんでした。シルクがミシンがけをはじめると、ナナはハムスターたちが初仕事《はつしごと》をする「マント留《ど》め」を仕上《しあ》げることにしました。マント留《ど》めはつややかな赤《あか》のベルベットリボンでできていて、両《りょう》がわに金色《きんいろ》のひもで作《つく》ったボタンどおしをぬいつけます。リボンには三か所《しょ》、小《ち》さいポールもぬいつけました。これは、ハムスターの兄弟《きょうだい》がつかまるためのものです。

コットンはというと、またべつの仕事《しごと》をしていました。ハムスターたちのシャンプーです。

「ハムスターのみなさん。家具《かぐ》のうしろのおそうじもきょうで五日目《いつかめ》。さっきのクローゼットでもうおしまいでございます。このつぎのお仕事《しごと》は『生《い》きてる毛皮協会《けがわきょうかい》』の初仕事《はつしごと》。それには、毛皮《けがわ》をうんときれいにしなくては！　さあ、お風呂《ふろ》におはいりください」
　コットンの前《まえ》にならんだ三びきは、すごく気《き》がすすまないようすで、お湯《ゆ》をはったおけにとびこみました。三びきとも
お風呂《ふろ》がにがてだったのです。でも、
コットンはそんなことは
おかまいなし。バラの香《かお》りの
シャンプーを
優雅《ゆうが》なしぐさで
三びきの
頭《あたま》にかけ
ました。

そしてあっという間に、あわだらけにしていったのです。

そのあいだ、三びきとも目《め》をギュッとつぶってがまんしました。そしてコットンがきれいなお湯《ゆ》でシャンプーのあわをすすぎおとしおわると、ホッとしたようにうす目《め》をひらいたのです。あとは、ふわふわのタオルでふきあげて、かわかすだけ。すべてがおわると、ハムスターたちの毛《け》皮《がわ》はそれはつやつやになり、ふんわりとたちあがりました。

これでもう、準備万端《じゅんびばんたん》です。

「まにあったわね、シルク」

「美《うつく》しいマントになったわ、ナナ」

「完璧《かんぺき》でございます」

仕上《しあ》がったマントを、シルクとナナ、コットン、そしてハムスターたちも満足《まんぞく》そうにみつめました。

けれど、シルクはすこし首《くび》をかしげます。

「これを着《き》ればまちが

いなく、フローラは『雲《くも》の上《うえ》魔《ま》法《ほう》薬《やく》草《そう》園《えん》』ではたらこうって、またおもえるようになるかしら？」

すると、ナナも心配《しんぱい》そうにうなずきました。

「フローラが、自分《じぶん》のほんとうのきもちに気《き》づくことができれば、かならずそうおもうはずなんだけど……」

「ほんとうのきもち、でございますか？　ナナさま」

みあげるコットンに、ナナはにっこりとわらいました。

「わたしもずっとバザーに参加《さんか》するっていえなくて、グズグズしていたでしょ？

でも、ほんとうは、すごくやってみたかったの。それが自分《じぶん》のほんとうのきもちだって気《き》がついたから、決心《けっしん》がついたのよ。だから、フローラも自分《じぶん》のほんとうのきもちに気《き》づいてくれればいいんだけど……」

それをきくと、ハムスターたちも大《おお》きくうなずきました。三びきもナナとおなじきもちだったからです。

シルクもナナのことばにじっと耳《みみ》をかたむけていました。そして腕組《うでぐ》みをすると、なにかをかんがえはじめます。

お茶《ちゃ》の時間《じかん》がおわって、ナナが帰《かえ》っていったあとも、シルクはずっとかんがえこんだままでした。

12

フローラも決心《けつしん》できる!?

つぎの日《ひ》。

フローラは約束《やくそく》どおり、リフォーム支店《してん》にやってきました。店《みせ》にはいると、トルソーに着《き》つけられたマントをみておどろきます。

「これはわたしのマント？　まるでうまれかわったみたいだわ」

そういって、そっとマントにちかづきました。

「なんてきれいなの。はなやかで、はおればたのしいきもちになれそう」

そういて、コットンとナナ、シルクは得意《とくい》げに顔《かお》をみあわせました。
フローラは、このマントを着《き》て
「雲《くも》の上《うえ》魔《ま》法《ほう》薬《やく》草《そう》園《えん》」へ

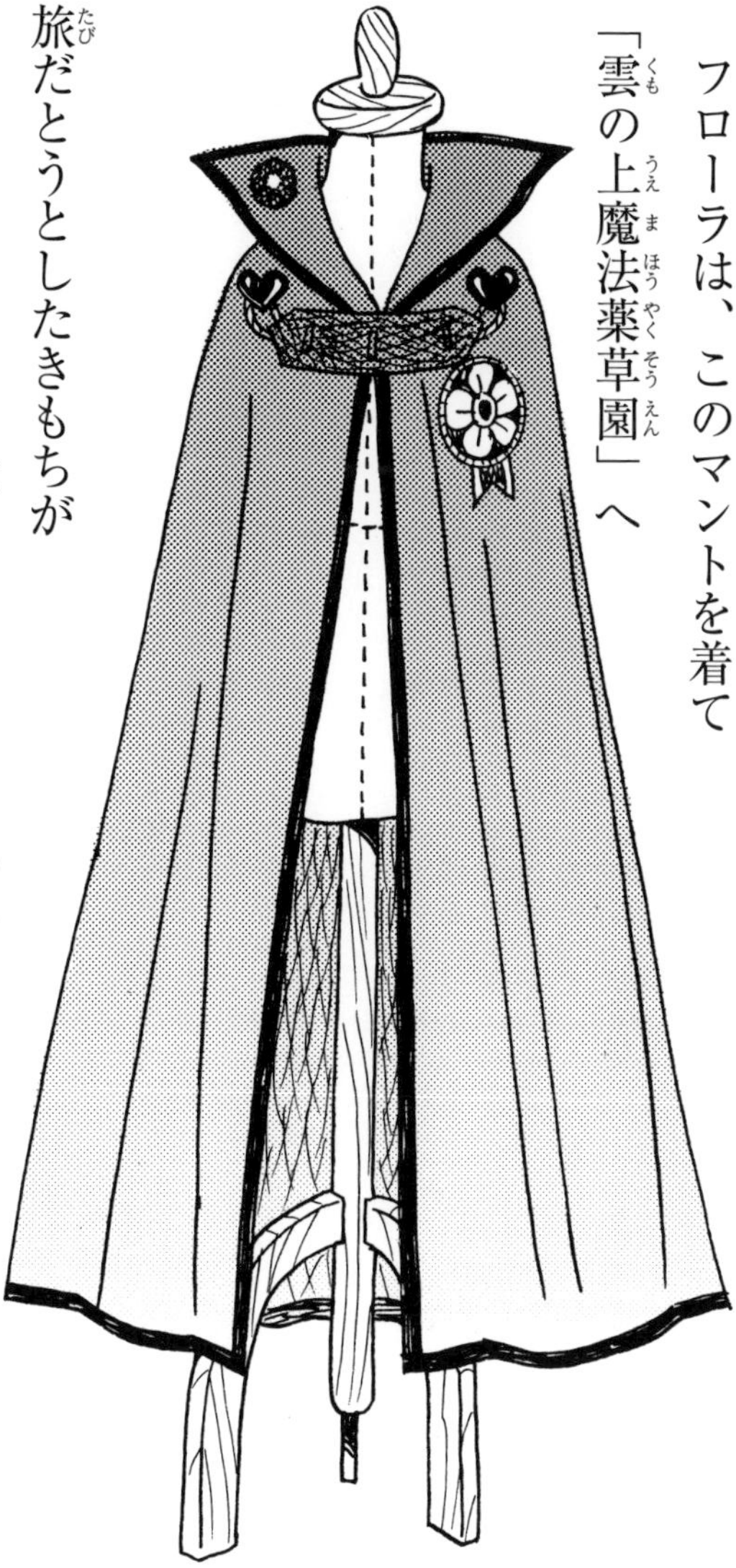

旅《たび》だとうとしたきもちが
またわきあがるのを感《かん》じていました。勇《ゆう》気《き》がでなくて「やめておこう」
としりごみするきもちの奥《おく》に、かくしてあったもうひとつのきもちです。

「フローラ、はおってみて。きっともっとおどろくはずよ」
そういわれて、フローラは首《くび》をかしげながらマントを肩《かた》にかけました。でも、すぐにシルクのことばどおり、目《め》を大《おお》きくみひらきます。
「まあ！　なんてかるいのかしら！　どこまでもあるいていけそう。これは『ふうせん羊《ひつじ》の織物《おりもの》』ね」
そして、はおった

フローラはすっかり感心《かんしん》しました。
マントをうっとりとみていると、えりもとにあたらしいししゅうがつけくわえられていることに気《き》がつきます。
それはまっ赤《か》なデイジーのような花《はな》のししゅう。きのうナナが帰《かえ》ったあと、シルクがさいごにつけくわえたリフォームでした。
「これは……、わたしの好《す》きな魔法薬草《まほうやくそう》だわ」

そういうフローラに、シルクがたずねました。

「じゃあ、花《はな》ことばもしってるかしら?」

「もちろんよ」

そういってから、フローラはハッとなりました。そしてしずかな声《こえ》でその花《はな》ことばをいったのです。

「『ほんとうのきもち』……」

そしてしばらくだまっていたフローラが、なにかを決心《けっしん》したように口《くち》をギュッとむすんで、シルクをみつめました。

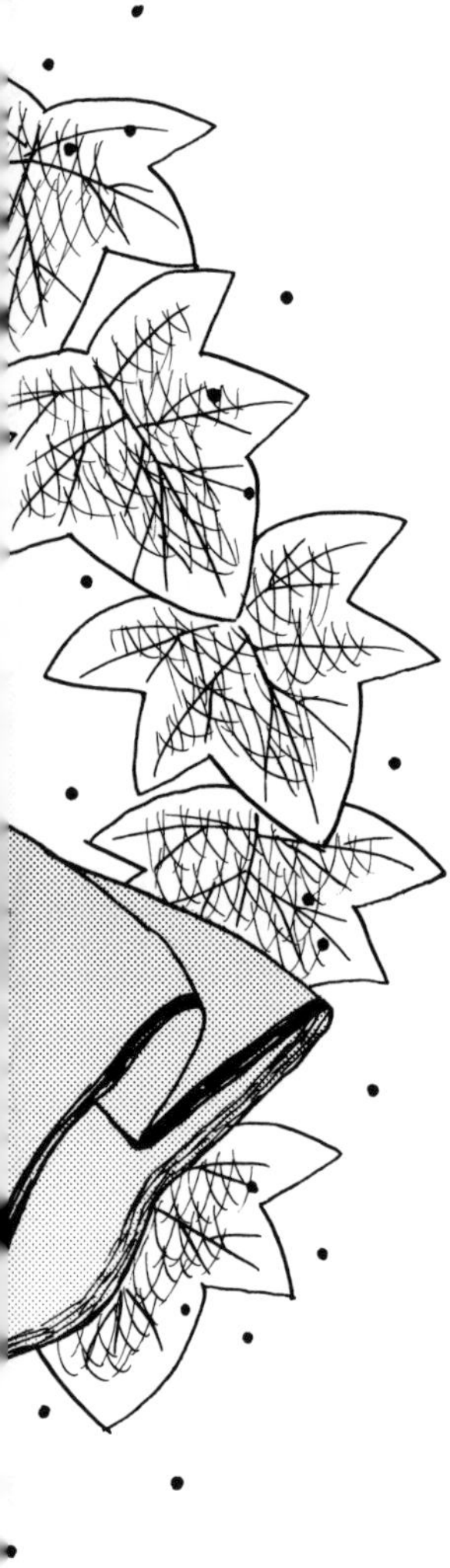

「わたしはいつのまにか、失敗《しっぱい》したらどうしようっていうおくびょうなきもちに、心《こころ》をすっかり占領《せんりょう》されていたみたい。それでいろいろな『やらないいいわけ』ばかりをさがして、自分《じぶん》の『ほんとうのきもち』にうそをついていたんだわ」

そして顔《かお》をあげて、きっぱりといったのです。

「わたしやっぱり『雲《くも》の上《うえ》魔《ま》法《ほう》薬《やく》草《そう》園《えん》』へいって、はたらくわ。それがわたしのほんとうのきもちなんですもの。失敗《しっぱい》するのはこわいし、ひとりで遠《とお》くまでいくのも心配《しんぱい》。それでも、やってみたいの」

そのことばを、ナナは手《て》を胸《むね》にあててききました。

（よかった！　シルクったら、ししゅうでフローラに自分《じぶん》のきもちを気《き》づかせるなんてすごいわ……）

それからシルクは、フローラの胸《むな》もとにマント留《ど》めをかけてあげました。マント留《ど》めには、美《うつく》しい丸《まる》い毛皮《けがわ》が三《みっ》つかざられています。
「フローラ、この毛皮《けがわ》は『生《い》きてる毛皮協会《けがわきょうかい》』のハムスターよ。かれらも、これが初仕事《はつしごと》なの。いまも失敗《しっぱい》したらどうしようってドキドキしてるはずよ」

それをきいて、フローラはとてもよろこびました。

「まあ！　なんて心強《こころづよ》いことかしら。自分《じぶん》とおなじきもちの仲間《なかま》がいるとおもうと、勇気《ゆうき》がわくわ。さあ、ハムスターさんたち、あいさつさせてちょうだい」

そういわれて、三びきは丸《まる》めたからだから顔《かお》をあげました。

「どうぞよろしく。フローラさん」

ハムスターとフローラは、もちろんすぐに仲良《なかよ》しになれるでしょう。ハムスターたちの初仕事《はつしごと》ぶりに、ナナとコットンは小《ちい》さな拍手《はくしゅ》をおくります。シルクはというと、いつもの調子《ちょうし》で肩《かた》をすくめてみせただけでした。

13

一歩《いつぽ》ふみだせば、世界《せかい》はかわる

「いろいろありがとう。おさいほう魔《ま》女《じょ》シルク」

フローラがみんなにあいさつして、ハムスターたちといっしょに旅《たび》だとうとしていました。と、そのとき。優《ゆう》雅《が》なノックの音《おと》がひびいてきたのです。それをきいて、シルクがにっこりとわらいました。

「もうひとり、みんなをみおくってくれるひとがいるのよ」

赤《あか》いドアをあけて、シルクがおき

やくさまをまねきいれると、トッポ、ラッテ、ミューは、あっと息《いき》をのみました。

そのおきゃくさまは全身《ぜんしん》、銀色《ぎんいろ》にかがやく毛皮《けがわ》。あるくたびにふぁっさふぁっさとゆたかなしっぽがゆれます。「生《い》きてる毛皮協会《けがわきょうかい》」の会長《かいちょう》、銀《ぎん》ぎつねのシルヴァでした。

「よく決心《けっしん》しましたね、ハムスターさんたち。どうぞすばらしい仕事《しごと》をしてください」

シルヴァはやさしく三びきに声《こえ》をかけました。あこがれのシルヴァにあえた三びきはふるえだしそうなほど感動《かんどう》しています。

「ありがとうございます、シルヴァさん！　ぜったいに失敗《しっぱい》しないように、がんばります」

それをきくと、シルヴァはおかしそうにわらい、しずかな声《こえ》でこういったのです。

「失敗《しっぱい》してもいいのですよ。なぜかというとね……。わたしがきょうここへきたのは、みおくりのためだけじゃないからなのよ」

そういってシルヴァは、もっていたつつみをあけました。中《なか》からでてきたのは、美《うつく》しい黒《くろ》いドレス。それをみて、フローラがあっと声《こえ》をあげました。

「そのドレスは、先週《せんしゅう》、りっぱな賞《しょう》をとった女優《じょゆう》魔女《まじょ》が授賞式《じゅしょうしき》で着《き》ていたドレスだわ。その肩《かた》をかざっていた『生《い》きてる毛皮《けがわ》』は、あなただったのね」

世界中《せかいじゅう》の魔女《まじょ》たちがため息《いき》をついた美《うつく》しい女優《じょゆう》のようすを、フローラはおぼえていたのです。シルヴァはうなずきましたが、はずかしそうにこうつづけます。

「あの授賞式《じゅしょうしき》で、このドレスの肩《かた》のところにツメであなをあけてしまったの。きょうはそのお直《なお》しをたのみにきたのよ」

「シルヴァさんでも、そんな失敗《しっぱい》をすることがあるなんて……」

目《め》を丸《まる》くするハムスターに、シルヴァはやさしくほほえみました。

「もちろんよ。いまでもときどき失敗《しっぱい》するわ。でもたとえ失敗《しっぱい》しても、自分《じぶん》では『これは失敗《しっぱい》じゃない』っておもうようにしているの。失敗《しっぱい》ではなくて『こうするとうまくいかない』ってことがひとつわかっただけ。そうかんがえれば、つぎにおなじ失敗《しっぱい》はしない

でしょ。だから、失敗《しっぱい》もたいせつ」

そうきくと、フローラとハムスターたちの心《こころ》の中《なか》にあった失敗《しっぱい》をこわがるきもちがスウッとかるくなる気《き》がしました。そんなかれらに、シルヴァはこうつづけます。

「失敗《しっぱい》をこわがらないで。まずは一歩《いっぽ》ふみだせば、なにかがかわる。世界《せかい》は、かわるのよ。どうかわるのか、たのしみでしょ？」

「世界《せかい》はかわる……」

とフローラとハムスターたちは顔《かお》をみあわせるとにっこりとわらいました。

「ありがとう、シルヴァさん。シルク、ナナ、コットンも！」

こうしてフローラとハムスターは旅《たび》だっていきました。そのはじめの

一歩《いっぽ》がかろやかだったことは、いうまでもありません。

あれから何週間《なんしゅうかん》かすぎて、森《もり》の色《いろ》は緑《みどり》からすっかりオレンジにかわりました。それからすぐにつめたい風《かぜ》がふいてきて、そのオレンジ色《いろ》もあっというまにふきとばしはじめています。ナナの作《つく》ったポンポンは、「秋《あき》の手作《てづく》りニットバザー」で大人気《だいにんき》になりました。一個《いっこ》残《のこ》らず売《う》れたことを、いま、シルクに報告《ほうこく》したところです。

もうポケットには、折《お》りたたんだ
チラシは、はいっていません。
そのとき、紅茶《こうちゃ》の
ポットとカップを
はこぶカチャカチャという
きもちのいい音《おと》がきこえて
きました。それをテーブルにのせると、
コットンがこういいます。
「あんなになやんでいたのに、
けっきょくなやむことなんて、
なかったのでございますね、ナナさま」

「そうね、コットン。でも、なにかをはじめる前《まえ》って不安《ふあん》になるものでしょ？」

「まあ、たしかに。うまくいくかどうか、不安《ふあん》なこともございます」

そうきいて、ナナはシルクにもたずねました。

「シルクはどう？　そういうきもちになったときに、スピカさんみたいな占《うらな》い魔女《まじょ》に、どうかしら？　うまくいく？　ってきいてみたくならないの？」

するとシルクは肩《かた》をすくめて首《くび》をふると、あっさりとこたえました。

「ならないわね」

そして、コットンのいれた紅茶《こうちゃ》の香《かお》りをたのしんでから、一口《ひとくち》すすります。そのあと、こうつづけました。

「だってスピカおばさんなら、きっとこういうだけよ、ナナ。『たいていのことは、はじめちゃえば、なんとかなる』って」

いつものようにリフォーム支店《してん》に、紅茶《こうちゃ》の香《かお》りとわらい声《ごえ》がひろがります。北風《きたかぜ》がふきはじめた森《もり》の中《なか》に、あたたかな色《いろ》の光《ひかり》がきょうもその窓《まど》からこぼれていました。

ファッション Tea Room

マントいろいろ

マントにも
いろいろなしゅるいが
あるわ。この「クローク」は
そでのない長《なが》いコート。
たけがみじかいものは
「ケープ」よ
クローク
名《めい》たんていの
コートで
ございます
インバネス
コート
とりはずしできる
ケープをあわせた
長《なが》いコートのこと。
シャーロック・
ホームズが着《き》ている
コートはこれ。

星占《ほしうらな》い魔女《まじょ》のわたしがよく着《き》るのはカパ。夜《よる》の星《ほし》のかんそくにはぴったりよ
雨《あめ》や風《かぜ》に強《つよ》いフードつきのマント。雨《あめ》の日《ひ》に着《き》るコートが「カッパ」とよばれるのはこのコートの名前《なまえ》からきている。
カパ
ポンチョはピンキーのさんぽに着《き》たいマントね
ポンチョ
布《ぬの》のまんなかに頭《あたま》を通《とお》す穴《あな》をあけただけのマント。着《き》たりぬいだりがかんたんで両手《りょうて》も自由《じゆう》にうごかせる。

あんびるやすこ
群馬県生まれ。東海大学文学部日本文学科卒業。テレビアニメーションの美術設定を担当。その後、玩具の企画デザインの仕事に携わり、絵本、児童書の創作活動に入る。主な作品に、『せかいいちおいしいレストラン』「こじまのもり」シリーズ（共にひさかたチャイルド）「魔法の庭ものがたり」シリーズ（ポプラ社）『妖精の家具、おつくりします。』『妖精のぼうし、おゆずりします。』（PHP研究所）「なんでも魔女商会」「ルルとララ」「アンティークFUGA」シリーズ（いずれも岩崎書店）などがある。
ホームページ：http://www.ambiru-yasuko.com/

お手紙お待ちしてます！
いただいたお手紙は作者におわたしいたします。
〒112-0005 東京都文京区水道1-9-2
（株）岩崎書店「なんでも魔女商会」係

おはなしガーデン53
なんでも魔女商会24
ハムスターのすてきなお仕事
二〇一六年十一月十日　第一刷発行
著者　あんびるやすこ
発行者　岩崎夏海
発行所　株式会社岩崎書店
〒一一二―〇〇〇五
東京都文京区水道一―九―二
電話　〇三―三八一二―九一三一（営業）
〇三―三八一三―五五二六（編集）
振替　〇〇一七〇―五―九六八二二
印刷　株式会社精興社
製本　株式会社若林製本工場
NDC913　ISBN978-4-265-04564-8

ご感想ご意見をお寄せ下さい。
Email: hiroba@iwasakishoten.co.jp
岩崎書店ホームページ　http://www.iwasakishoten.co.jp
乱丁本・落丁本はおとりかえいたします。